Bianka Minte-König

# Schulhof-Flirt & Laufstegträume

Thienemann

Meiner Tochter
Gwyneth mit Dank
für ihre Unterstützung
bei der Recherche

# Inhalt

Kiki kriegt die Krise
5

Unverhofft kommt oft
27

Konkurrenz belebt das Geschäft
49

Wer ist die Schönste im ganzen Land?
70

Kiki hat die Faxe(n) dicke
91

Tränen, Training, tolle Typen
115

Zwei Zicken auf dem Catwalk
139

Laufstegträume
161

Love don't cost a thing
184

# Kiki kriegt die Krise

»Mensch, Mädchen, pass doch auf!«

Ich war wie so häufig mal wieder erst beim letzten Ton der Klingel in die Schule gestürmt und atemlos im ersten Stock um die Ecke gerannt, als ich vor unserer Klasse unverhofft in ein Hindernis rauschte. Ein Mädchen, das ich auf unserer Schule noch nie gesehen hatte. Was musste die denn hier rumstehen und mir den Weg verbauen! Na egal. Ich hatte keine Zeit groß darüber nachzudenken, denn wie es aussah, hatte der Unterricht hinter der geschlossenen Klassenraumtür schon begonnen. Zu dumm! Gegen meine Unpünktlichkeit musste ich wirklich mal was unternehmen.

Ich wollte zur Klinke greifen, aber das fremde Mädchen hatte seine Hand bereits drauf und öffnete nach einem kurzen Klopfen die Tür zum Klassenzimmer. Mit einem Grinsen blieb sie stehen. Was sollte das denn nun werden? Ich schubste sie zur Seite.

»Kann ich mal vorbei? Ich hab nicht vor hier Wurzeln zu schlagen«, sagte ich nicht gerade freundlich.

Die Augen aller meiner Mitschüler richteten sich auf uns und auch unser Bio-Lehrer Moffel blickte zur Tür.

Das fremde Mädchen stand noch immer dort. Na, von mir aus konnte sie im Türrahmen festwachsen. Ich jedenfalls quetschte mich an ihr vorbei und verkrümelte mich mit einer genuschelten Entschuldigung an meinen Platz.

Doch Moffel hörte gar nicht hin. Seine ganze Aufmerksamkeit galt dem fremden Mädchen.

»Ich bin Mona«, sagte es gerade mit fester Stimme. »Ich sollte mich in dieser Klasse bei Herrn Morgentau melden.«

Herr Morgentau! Tzzz! Der Name unseres Bio-Lehrers klang aus ihrem Mund seltsam. Schließlich war er für uns seit der fünften Klasse nur der Moffel, was durchaus liebevoll gemeint war, denn er war einer von den ganz Netten.

Ich kicherte und zischte zu meiner Freundin Franzi rüber: »Das ist doch nicht etwa die Neue, die uns Wölfchen angekündigt hat?«

Aber ehe Franzi mir noch antworten konnte, war Moffel schon aufgesprungen und sagte: »Ach, dann bist du die neue Schülerin, die Herr Wolf mir ans Herz gelegt hat.«

Lautes Gewieher unserer männlichen Mitschüler und natürlich gleich wieder eine anzügliche Bemerkung von Fabian, dem Klassen-Macho: »Die könnte man mir auch ans Herz legen!«, und dann pfiff er doch tatsächlich mitten im Unterricht laut durch die Zähne.

Moffel mochte Fabian aus einem unerfindlichen Grund und darum kniff er mal wieder beide Augen zu und sagte bloß: »Na, ich denke, bei mir ist sie erst mal besser aufgehoben. Und übrigens, ohne dir zu nahe treten zu wollen, nicht jedes Mädchen ist scharf darauf, deine Herzdame zu werden!«

Womit er mal wieder voll ins Schwarze getroffen hatte und eine Lachsalve bei den Mädchen auslöste. Ich zum Beispiel versuchte seit Wochen Fabians penetranter Anmache zu entkommen.

Aber das ist ein anderes Thema.

Inzwischen hatte diese Mona sich endlich in die Klasse bequemt und die Tür hinter sich zugemacht. Sie schien ein sonniges Gemüt zu haben, denn noch immer trug sie ein breitflächiges Strahlelächeln im Gesicht. Sie sah, das musste man ihr neidlos zugestehen, ziemlich gut aus. Allerdings wirkte dieses beständige Grinsen allmählich etwas dämlich.

Sie ging selbstbewusst auf Moffel zu und ergriff seine ihr entgegengestreckte Hand.

»Herzlich willkommen«, sagte der. »Wir freuen uns immer über nette neue Schüler.«

»Über Schülerinnen besonders!«, gab Sebastian, der auch nicht viel besser als Fabian war, sofort seinen Senf dazu.

Mona strahlte erst Moffel an und schickte dann ein leuchtendes Lächeln in die Runde. »Vielen Dank! Ich werde mich hier bestimmt wohl fühlen. Ich bin sicher, dass ich schnell Freunde finde.«

Wieder Pfiffe und Fabian rief: »Kein Problem!« Er hob den leeren Stuhl neben sich hoch.

»Hier ist noch ein Platz frei für dich ... in meinem Herzen übrigens auch!« Gejohle.

Ich fand es langsam peinlich, was die für ein Aufhebens um die Neue machten, und sagte missmutig zu

Franzi, meiner Lieblingsfreundin: »Hast du gehört – *Freunde!* Die hat es voll auf unsere Jungs abgesehen!«

»Ach, Quatsch!«, winkte Franzi ab und sah weiter gebannt zu Mona rüber.

Aber ich ließ nicht locker.

»Und wieso hat sie dann Freunde und nicht *Freundinnen* gesagt?«

»Nur so. Weil man's halt so sagt.«

»Na, dann hat sie aber voll den unemanzipierten Sprachgebrauch!«

Franzi zog einen Augenblick ihre Aufmerksamkeit von Moffel und der Neuen ab, starrte mich erstaunt an und tippte sich dann gegen die Stirn. »Nun spinnst du aber wirklich!«

Moffel hatte inzwischen weitere Aktivitäten entfaltet und hielt nach einem angemesseneren Sitzplatz für unsere neue Mitschülerin Ausschau. »Tja, wo können wir dich denn mal hinsetzen...«, überlegte er laut.

Worauf natürlich fast jeder Typ sofort »Hier!« brüllte. Da musste sich die Neue ja gebauchpinselt fühlen und ihr beständiges Grinsen wurde noch breiter. Dann hatte Moffel einen Platz entdeckt. Neben Sophie. Unmittelbar vor mir. So ein Mist! Konnte sie nicht jemand anders mit ihrem Rücken entzücken? Ich hatte wirklich keine Lust, mir von ihr die Aussicht auf die Tafel verbauen zu lassen und ständig ihre langen Haare vor mir zu haben. Die waren wirklich unanständig lang. Auf so was fuhren Jungen ja ganz mächtig ab.

»Haste was gegen die?«, fragte Franzi. »Du guckst so verbiestert.«

Blöde Frage. Klar hatte ich was gegen die! Warum, konnte ich zwar auch nicht so genau sagen, aber wie sie so grinsend in der Tür gestanden hatte und Fabian sie sofort anbaggerte, befiel mich gleich das unbestimmte Gefühl, dass ich mit ihr Probleme kriegen würde.

In der kleinen Pause drängte sich natürlich alles um die Neue. War zwar irgendwie logisch, aber trotzdem recht ätzend. Vor allem, weil praktisch alle unsere Jungs dabei waren, auch die, die sich sonst eher weniger für Mädchen interessierten. Musste die eine Ausstrahlung haben!

»Mann, heb deinen Hintern von meinem Tisch!«, schnauzte ich Sebastian an, als er seine nicht unerhebliche Körperfülle darauf ablegen wollte. Wo der sich hinpflanzte, war doch hinterher alles Mus! Ich packte rasch Stiftedose und Hefte in meinen Rucksack. Sicher ist sicher. Kaum war der Tisch frei, fläzte sich Fabian drauf. So, als hätte ich extra für ihn alles weggeräumt. Aber statt nun mit mir zu reden, hatte er nur Augen und Ohren für die Neue. Und die sonnte sich sichtlich in der allgemeinen Aufmerksamkeit. Ich fand es plötzlich entsetzlich schwül in der Klasse.

»Kommst du mit vor die Tür?«, fragte ich Franzi. »Hier erstickt man ja.«

Ein irritierter Blick. »Findest du?«

Sie machte keine Anstalten, mir zu folgen. Vielmehr schien sie ebenfalls unter dem Bann unserer neuen Mitschülerin zu stehen. So ergab sich plötzlich die missliche Situation, dass alle sich um Mona scharten, während ich gefrustet alleine im Flur vor der Klasse stand.

Mein Selbstbewusstsein war auf einen absoluten Tiefpunkt gesunken. Selten hatte ich mich so überflüssig gefühlt. ... *I'm useless, but not for long, the future is coming on, is coming on, my future ...*

Statt einer besseren Zukunft kam aber erst mal meine zweite Lieblingsfreundin Lea.

Sie war auf der Toilette gewesen und sah mich fragend an. »Ist was? Warum stehst du hier so alleine rum?«

»Mir ist schlecht«, sagte ich und das war nicht einmal völlig gelogen. Ich hätte echt speien können beim Anblick meiner Mitschüler, die um die Neue herumtanzten wie die Israeliten ums Goldene Kalb.

»Das legt sich wieder«, versuchte Franzi mich später zu trösten. »Es ist doch nur die Neugierde.«

Natürlich war für mich der Tag gelaufen. Alle, auch sie als meine beste Freundin, hatten sich den ganzen Morgen nur für Mona interessiert. Jeder Lehrer, bei dem sie sich vorstellte, schien gleich auf sie abzufahren und sogar unsere eher grimmige Englischlehrerin Frau Ingrimm überschlug sich fast vor Freundlichkeit.

Und das Einzige, was Franzi zu allem zu sagen hatte, war: »Sei doch nicht so missgünstig, Kiki. Sie macht doch einen ganz netten Eindruck. Man muss ihr doch wenigstens eine Chance geben.«

Eine Chance geben! War ich die Caritas oder Mutter Theresa?

Wir hatten uns grade mal so zu einer Klassengemeinschaft zusammengerauft. Da konnten wir niemanden brauchen, der alles wieder durcheinander brachte. Besonders nicht, was das labile Gleichgewicht zwischen den Geschlechtern anging. Und wie die auf unsere Jungs wirkte, war ja wohl nicht zu übersehen. Das konnte nicht gut gehen!

»Findest du sie nicht auch etwas ... etwas ...« Ich suchte nach einem passenden Wort und weil ich es nicht gleich fand, kaute ich erst mal weiter auf der Kartoffel rum, die ich gerade im Mund hatte. Ich saß mit Franzi in der Cafeteria und stopfte lustlos das Mittagessen in mich rein.

»... etwas wie? Wie soll ich sie finden?« Franzi sah mich genervt an.

Heute schien sie mich wirklich nicht begreifen zu wollen.

»Na ja, seltsam eben. Ein bisschen arrogant, so, so ... übertrieben selbstsicher ...«

Ich wusste ja auch nicht so genau, wie ich den merkwürdigen Eindruck beschreiben sollte, den diese Mona auf mich machte. Aber so, wie die in einer fremden Umgebung auftrat – das war doch unnormal.

»Also, ich finde sie eigentlich ganz normal«, sagte Franzi in meine Gedanken. »Die ist gradeheraus, sieht nett aus, ist offenbar auch nett und scheint zu wissen, was sie will.«

»Vor allem unsere Jungs!«, muffelte ich weiter.

»Nun sei mal nicht zickig. Du wolltest von denen doch bisher gar nichts wissen!«

Da übertrieb Franzi aber. Nur weil ich mich nicht gleich von jedem Jungen einwickeln ließ, hieß das doch nicht, dass ich kein Interesse hatte. Und es war mir ganz und gar nicht egal, wenn so eine dahergelaufene Mona ihre Griffel nach unseren Mitschülern ausstreckte.

Nein, Franzi musste es einsehen, sie nahm das mit dieser Neuen viel zu leicht.

»Hör auf die Sache schönzureden!«, sagte ich darum.

Als ich vom Teller aufsah, fiel mir fast die Kartoffel von der Gabel. Wie aus dem Erdboden gestampft stand Mona mit ihrem Tablett vor unserem Tisch und fragte, ob sie sich zu uns setzen dürfte. Nee, dachte ich, darfst du nicht!

Aber Franzi machte schon eine einladende Geste und sagte: »Klar, mach mal ruhig. Ist noch Platz.« Und schon rückte sie ihr Tablett zur Seite, damit Mona ihres abstellen konnte.

Und dann setzte die sich tatsächlich neben mich. Da drehte sich mir doch glatt der Magen um. Während Franzi mit ihr eine offenbar überaus anregende Unterhaltung pflegte, stocherte ich lustlos in meinem Essen herum. Der Appetit war mir gründlich vergangen.

Was hätte ich darum gegeben, jetzt einfach nach Hause gehen zu können und meinen Frust bei einem Spaziergang mit meiner Hündin abzulatschen. Aber nee! Mama musste mich ja auf diese blöde Ganztagsschule schicken. Nur weil sie mich »versorgt« wissen wollte. Sie hockte den ganzen Tag in ihrer Werbeagentur rum und hielt es darum für das Beste und auch mein heftiges Nörgeln hatte nichts an ihrem Entschluss geändert.

»Da hast du ein anständiges Mittagessen und bist am Nachmittag noch mit deinen Freundinnen in den Arbeitsgemeinschaften und beim Sport zusammen. Das ist viel besser, als gelangweilt zu Hause vor dem Fernseher zu hocken. Und ich muss nicht gleich was kochen, wenn ich abgespannt nach Hause komme.«

Ganz besonders praktisch war es für sie, als mein Bruder Alexander, genannt der (Scherz-)Keks, in die fünfte Klasse und auch auf meine Schule kam. Seinen Spitznamen verdankte er übrigens seinen beiden hervorragendsten Charakterzügen: Entweder machte er Scherze oder er ging einem gewaltig auf den Keks.

Na ja, schlecht war die Schule ja eigentlich wirklich nicht. Besonders nachmittags in den AGs gab's immer eine Menge zu lachen. Und – ein besonderes Plus – wo sonst hatte man so lange und ausgiebig Gelegenheit, mit den Jungs herumzuflirten?! Unser Schulhof mit seinen vielen grünen Nischen zwischen den Gebäuden und die zahlreichen Freistunden boten dafür wirklich ideale Voraussetzungen.

Nicht, dass ich so dringend einen Freund gebraucht hätte. Aber die ständige Anmacherei in unserer Klasse nervte schon ziemlich und Franzis diesbezügliche Argumente waren darum echt überzeugend.

»Wenn du einen Freund hast«, meinte sie, »lassen dich wenigstens die anderen auf dem Schulhof in Ruhe. Das ist, wie wenn dich einer mit Typ-verpiss-dich-Spray besprüht hätte.«

Ich kicherte, weil wir auch immer Hund-geh-weg an den Zaun sprühten, um die Rüden abzuhalten, wenn Schnuffel läufig war. Das verlor allerdings nach jedem Regen rasch seine Wirkung.

Franzi grinste bei diesem tierisch guten Vergleich, behauptete aber, dass ein Freund länger halten würde.

»Guck dir doch Sunny an. Seit die mit Tim zusammen ist, hat sie voll das stressfreie Leben.«

Sie hatte mich überzeugt. Ein Freund in der Funktion eines Bodyguards war in der Tat nicht unattraktiv.

»Okay«, sagte ich. »Du versuchst es mit deinem Raffi und ich … hm … wen soll ich denn angraben? Ich nehme nicht jeden.«

Tja, und da hatten wir dann auch schon das Problem und es war leider bis heute ungelöst. Denn es musste halt der Richtige sein, und das zu entscheiden war gar nicht so einfach.

Ich stieß einen grottentiefen Seufzer aus, was mir einen direkten Blick von Mona eintrug. Sie hatte blaugrüne Augen. Wie eine Raubkatze, dachte ich.

»Geht es dir nicht gut?«, fragte sie nun auch noch und scheinheiliges Mitleid umflorte ihre Stimme.

Wie sollte es mir gut gehen, wenn sie mir die Aufmerksamkeit meiner Leute raubte! Ich schüttelte den Kopf und versuchte mich einigermaßen normal zu benehmen.

Mensch, Kiki!, rief mir eine wohlmeinende innere Stimme zu.

»Mir geht's gut«, sagte ich mit aufgesetzter Heiterkeit. »Aber das Essen ist mal wieder zum Speien.«

Sie hätte mir ja bloß zustimmen brauchen, aber nein, sie musste Kontra geben.

»Mir schmeckt es eigentlich ganz gut. Für eine Schulcafeteria finde ich es echt nicht schlecht.«

Okay! Nun lag es wirklich nicht mehr an mir. Wenn

sie einen Konfrontationskurs fahren wollte – das konnte sie haben.

»Na ja, wenn du nichts Besseres gewöhnt bist!«, sagte ich eine Spur schärfer, als ich eigentlich wollte, was mir wieder einen bitterbösen Blick von Franzi eintrug.

Mona zog leicht die linke Augenbraue hoch, was außerordentlich arrogant wirkte, ließ sich aber sonst nicht anmerken, wie meine Bemerkung auf sie gewirkt hatte.

Sie legte das Besteck für einen Moment sorgfältig überkreuzt auf ihren Teller und sagte ruhig und mit gleich bleibender Freundlichkeit: »Meine Mutter kocht natürlich viel leckerer. Aber das darf man mit so einer Schulmensa auch nicht vergleichen. Die ist eben kein First-Class-Restaurant.«

First-Class-Restaurant! Nicht ungeschickt, die Art, wie sie herumprotzte. Klang ja, als hielte sie sich ständig in solchen Nobelschuppen auf. Das hatte sie doch nur gesagt, um mich neidisch zu machen. Nein! Es hatte keinen Zweck. Ich war mir nun ziemlich sicher. Mona war eine eingebildete, arrogante Zicke. Mich konnte sie nicht täuschen und die anderen würden schon noch merken, dass sie ihre Macken hatte.

Ich stand auf, schnappte mir mein Tablett und sagte ziemlich brüsk zu Franzi: »Kommst du?«

Es klang wie ein Befehl. Franzi fiel bei meinem abrupten Aufbruch vor Schreck die Gabel aus der Hand und flog klirrend erst gegen ihr Trinkglas und dann auf ihr Tablett. Sie starrte auf ihren noch halb vollen Teller, dann auf mich. Ihr Gesicht spiegelte den in ihr tobenden Konflikt zwischen der Solidarität mit mir und ihrem noch nicht gestillten Mittagshunger. Der Hunger siegte.

»Geh schon vor«, sagte sie schuldbewusst. »Ich ess nur schnell noch auf.«

Sah ich ein Grinsen der Genugtuung auf Monas Gesicht?

So eine Schlappe! Nun konnte ich einsam auf dem Schulhof rumstehen, während diese Ziege von Mona mit meiner Lieblingsfreundin gemütlich zu Mittag aß!

Ich hasste diesen Tag!

»Na, so einsam und alleine?«, quatschte mich plötzlich jemand von der Seite an.

Es war Fabian. Wieso lungerte der nicht mit seiner Clique bei der Neuen rum?

»Schon das Interesse an Mona verloren?«, fragte ich aus diesem Gedanken heraus. Was natürlich taktisch völlig unklug war. Sofort bekam ich die Quittung für diese unvorsichtige Äußerung.

»Eifersüchtig?«

Der nun schon wieder! Hatten die Leute denn heute alle einen an der Waffel? Ich fing mich gerade noch.

»Haste noch mehr solche Witze auf Lager?«

Er lachte frech.

»Aber klar doch!«

Gott sei Dank musste ich sie mir nicht anhören, denn Sebastian und der Rest der Jungenclique kamen aus der Cafeteria auf den Schulhof geschlendert und Fabian stratzte sofort zu ihnen rüber.

Wo Franzi nur blieb? Gleich fing doch die Kunst-AG an und ich wollte nicht zu spät kommen.

Kunst war nämlich meine absolute Lieblings-AG. Da hatte ich auch wirklich was drauf. Musste ich von meiner Mam geerbt haben, die als Grafikdesignerin bei einer Werbeagentur arbeitete. Außerdem war der AG-Leiter van Gogh mein Lieblingslehrer. Er war Holländer und hieß eigentlich ja van Linde. Aber seit dem denkwürdigen Tag, als er zu Fabian sagte: »Brüll mir nicht so ins Ohr – sonst fällt es mir ab!«, hatte er seinen Spitznamen weg. Nachdem wir wochenlang den Maler van Gogh behandelt hatten, stand schließlich jedem von uns noch sein Selbstbildnis mit dem abgeschnittenen Ohr vor Augen.

»Ehrt mich ja sehr«, sagte er schmunzelnd mit seinem weichen Akzent, als er es irgendwann mal mitkriegte. »Und schließlich war van Gogh ja auch ein Niederländer.«

Endlich tauchte Franzi auf. Natürlich diese unsägliche Mona im Schlepptau. Die wollte doch wohl nicht auch in die Kunst-AG?! Sie wollte, was ich nun ziemlich gemein fand. Warum machte sie nicht Musik bei der Zwitscherschwalbe?

»Willst du nicht lieber Musik machen?«, versuchte ich sie noch schnell umzupolen. »Die Kunst-AG ist schon ziemlich voll und tödlich langweilig. Wirklich, das solltest du dir nicht antun.«

Franzi sah mich mit erstaunten Kulleraugen an und begriff mal wieder gar nichts. In aller Naivität sagte sie: »Und ich hab immer gedacht, dass Kunst deine Lieblings-AG ist.«

Himmel, war das Mädchen schwer von Begriff! Wie stand ich denn jetzt da!

»Ähm, ja«, versuchte ich die Situation zu retten. »Anfangs war das ja auch so, aber inzwischen ist es echt öde geworden.«

Franzis Augen wurden noch größer. Ich musste aufpassen, dass sie ihr bei meiner nächsten Bemerkung nicht aus dem Kopf kullerten.

Mona sah irritiert von mir zu ihr und dann wieder zu mir. »Das klingt ja schrecklich«, sagte sie. »Aber in Musik bin ich eine vollkommene Niete, da bleibt mir gar nichts anderes übrig, als euer Schicksal zu teilen und auch in die Kunst-AG zu gehen. Egal, wie langweilig sie ist.«

Mist! Das war also nichts gewesen. Ich schluckte den Ärger über meine misslungene Abwehrattacke runter, packte Franzi am Arm und zerrte sie von Mona weg.

»Na, dann geh schon mal vor. Zeichensaal II im ersten Stock, wir müssen noch mal an unsere Schließfächer.«

Kaum waren wir aus Monas Blickfeld, fauchte ich Franzi an: »Bist du noch zu retten? Warum schleppst du die denn jetzt auch noch in die Kunst-AG?«

»Ich? Wieso ich? Was kann ich dafür, wenn sie sich für Kunst interessiert? Kann ihr ja schließlich niemand verbieten, sich die AGs auszusuchen, die ihr Spaß machen.« Franzi klang richtig aufgebracht.

»Reg dich nicht auf«, versuchte ich sie wieder friedlich zu stimmen. »Aber es ist doch ätzend, sie auch noch nachmittags ertragen zu müssen.«

Irgendwie hatte Franzi aber eine ganz andere Sicht der Dinge als ich und war davon auch nicht abzubringen.

»Ich finde, du zickst völlig unnötig rum. Warte doch erst mal ab, wie sie so ist.«

Wie die so war, das sah ich. Da brauchte ich nicht mehr abwarten. Voll die Schleimerin! Und das Schlimme war, selbst meine beste Freundin merkte es nicht.

Natürlich war mir die Freude an der Kunst-AG verdorben.

Besonders, als Mona auch noch van Gogh mit breitem Strahlelächeln anschleimte und der gleich dahinschmolz.

He, ich bin Ihre Lieblingsschülerin, hätte ich am liebsten gerufen.

Natürlich hatte sie weder Pinsel noch Malblock dabei und so musste van Gogh mit ihr in den Materialraum gehen und ihr das Nötigste ausborgen. Als ich die beiden dort lachen hörte, wurde ich nur noch saurer. Was die da nur so lange trieben?

Endlich kamen sie zurück. Mona schleppte Zeichenpapier, einen Farbkasten und eine Hand voll Pinsel, während van Gogh ihr ein Wasserglas hinterhertrug. Den musste sie ja voll eingewickelt haben.

Zornig matschte ich mit meinem Pinsel im Rot herum und klatschte einen dicken Klecks auf mein Bild. Hm, wirkte ein bisschen schrill! Das fand van Gogh auch, nachdem er Mona die Aufgabe erklärt hatte und anschließend durch die Reihen ging.

»Hast du dich da nicht in der Farbe vergriffen?«, fragte er kopfschüttelnd.

Ich enthielt mich eines Kommentars, um mich nicht auch noch im Ton zu vergreifen.

Auf dem Heimweg war erneut Franzi mein Blitzableiter.

»Du musst doch zugeben, dass sie sich total an van Gogh rangeschleimt hat, und er hat sich von ihr völlig einwickeln lassen«, ließ ich meinen Frust ab.

Aber als ehrliche Haut und absolute Realistin sagte sie nur: »Meine Güte, er hat ihr ein paar Materialien gegeben, damit sie mitarbeiten konnte. Was hast du denn da schon wieder dran auszusetzen?«

Ich sparte mir die Antwort. Schweigend saßen wir zusammen in der Straßenbahn. Als ich ausstieg, murmelte ich ein lasches »Ciao« und tigerte vermuffelt nach Hause.

Wozu hatte man eine beste Freundin, wenn sie einem ständig nur in den Rücken fiel! So wie Franzi musste man Gerechtigkeit gegen jedermann ja auch nicht grade übertreiben. Sie würde schon sehen, was sie davon im Endeffekt hatte! Nichts!

Zu Hause nahm ich die Leine und lief erst mal mit Schnuffel, einer herzlieben Promenadenmischung, durch den Stadtpark. Am Weiher machte ich ein paar Stretching-Übungen. Klar, dass einem bei so viel Sauerstoff in den Lungen langsam wieder positive Gedanken und euphorische Gefühle kamen. Soll mit irgendwelchen biologisch-dynamischen Prozessen zu tun haben, die sich beim Laufen im Körper abspielen. Na, mir sollte es recht sein. Vielleicht lief ich deswegen so gerne meinen Frust ab.

Von meinem glücklichen Hund kläffend umsprungen, begann auch ich mich wieder glücklicher zu fühlen.

Diese Mona würde ich schon irgendwie in den Griff kriegen.

Vielleicht hatte Franzi ja Recht und sie war wirklich nicht so übel. Außerdem hatte ich meine Freundinnen und wenn sich Monas Neuigkeitswert verbraucht hatte, würde ihr niemand mehr besondere Aufmerksamkeit schenken. Das Beste war abwarten und Tee trinken. Das tat ich dann auch erst mal, nachdem ich Schnuffel und mir eine Dusche verpasst hatte.

Ich kuschelte mich, eingehüllt in den Vanilleduft der Räucherstäbchen, gemütlich in meinen großen Ohrensessel, den ich von Opa geerbt hatte, lauschte einer CD und schlürfte Brombeertee. An Tagen, wo es in der Schule oder anderswo nicht so gut gelaufen war, verwöhnte ich mich nämlich zu Hause gerne ein bisschen.

Das hatte ich von Mam gelernt. »Bloß den beruflichen Ärger nicht mit nach Hause schleppen!«, war ihre Devise. »Das Privatleben ist dazu da, sich vom Stress zu erholen. So eine Insel der Ruhe und ein bisschen Verwöhnen braucht der Mensch, wenn er mit den Anforderungen des Alltags fertig werden will.«

Und davon ließ sie sich nicht abbringen, erst recht nicht, als Papa den Job beim Bundestag in Berlin annahm und sie auch wieder in den Beruf einstieg.

Ihre Gemütsruhe hätte ich manchmal gerne gehabt, besonders in der Schule, aber entweder fehlten mir dafür ein paar entscheidende biologische Voraussetzungen, zum Beispiel eine Drüse zum Absondern von Schleim, oder ich war tatsächlich, wie unser Klassenlehrer Dr. Wolf es formulierte, ein »etwas unausgewogenes Temperament«.

Mam meinte zwar tröstend, besser sei ein unausgewogenes als gar kein Temperament, aber manchmal beneidete ich solche Schleimschnecken wie meine Mitschülerin Gracia um ihr ausgeglichenes, wenn auch wahrscheinlich ziemlich ödes Leben. Allein diese Gelassenheit, diese demonstrative Unaufgeregtheit! Mich konnte zurzeit die kleinste Kleinigkeit oft so annerven, dass ich ohne Vorwarnung plötzlich von null auf hundertachtzig war.

Cool, Mädchen, cool!, ermahnte ich mich zwar meistens selbst, weil ich das Unheil, das mein Verhalten stets nach sich zog, oft schon kommen sah. Aber vergebens. Ich konnte einfach nicht wider meine Natur handeln. Und außerdem schien ich sowieso Chaos, Peinlichkeiten und Missverständnisse anzuziehen wie das Licht die Motten!

Warum zum Beispiel musste diese Mona ausgerechnet in meine Klasse kommen? Natürlich spukte sie für den Rest des Tages in meinen Gedanken herum und nicht mal mentales Training und meditative Übungen konnten sie daraus vertreiben. »Ich bin entspannt, ich fühle mich gut, ich bin frei von allen Sorgen ...«

Quark! Alle Sorgen dieser Welt türmten sich vor mir auf und dachten gar nicht daran, sich beim Klang der Panflöte vom CD-Player zu verflüchtigen!

Als ich dann die zweite Tasse Tee getrunken hatte und die frisch geföhnte Schnuffel auf meinem Schoß streichelte, schien mir die Situation aber doch nicht mehr ganz so aussichtslos. Schließlich war ich ja eigentlich nicht gerade hässlich und es gab zum Beispiel Typen, die meine blonden Haare sogar ganz toll fanden.

Selbst wenn das meiste nur Süßholzgeraspel war, solch ein Naturblond hatte wirklich außer mir kaum jemand. Ich seufzte erleichtert bei der Erkenntnis. Die Jungs würden schon wieder normal werden und alles würde seinen gewohnten Gang gehen.

Außerdem war morgen in der Freistunde erst mal »Emanzentreff« angesagt. Das war die von den Jungen benutzte abwertende Bezeichnung für unsere Mädchenclique *Pepper Dollies*, die Franzi, Lea, ich und Greetje, die Tochter unseres Kunstlehrers, gegründet hatten. Greetje war der Name eingefallen, weil doll im Holländischen so was wie verrückt, unkonventionell bedeutet. Das passte prima zu uns, denn wir verstanden uns als Gegenbewegung zu den Schleimschnecken und wollten mit etwas Pfeffer, am besten Chili, Würze ins Schulleben bringen und ... na ja ... auch die Jungen ein bisschen scharf machen. Vor allem aber Spaß bei verrückten und schrägen Aktionen haben! Ein bisschen Fun musste einfach sein, sonst war das Leben ja tödlich langweilig!

Klar, dass die Jungen nach Gründung unserer Gruppe meinten, sie müssten nun auch obercool auftreten. Als Fabian in einer großen Pause stolz verkündete, die Jungen hätten eine »Gang« gegründet, lachten wir uns fast schlapp.

»'ne Gang!!«, prustete Lea los.

»'ne Nummer kleiner habt ihr's wohl nicht gehabt!«, lästerte Franzi.

»Und, wie habt ihr euch getauft?«, frage Greetje mit ihrem niedlichen niederländischen Akzent. »Dolle Dummis?«

Wir brachen in lautes Gelächter aus. Dolle Dummis war echt genial und soooooo passend!

Aber da es männlichen Wesen in der Pubertät oft an Humor fehlt, weil sie ständig an ihrer eigenen Wichtigkeit zu ersticken drohen, zog Fabian mit seinen Mannen total beleidigt ab. Erst auf Umwegen und durch Bestechung von Schnorchel mit einer Schachtel Zigaretten erfuhren wir dann den Namen der »Gang«. Hätten wir uns ja denken können. Hip musste er sein und hop und rappig und zukunftsorientiert und affengeil. Letzteres besonders und so verwunderte es denn nicht, als Lea endlich mit der Kunde rausrückte: »*Gorillas*! Sie haben sich *Gorillas* genannt.«

»Wenn einen da nicht der Affe laust!«, sagte Franzi kichernd.

Ich versuchte mir unsere Klassenkameraden als Primaten vorzustellen. Der Einzige, der einen annehmbaren Gorilla abgab, war Fabian, vielleicht noch Sebastian. Bei Mutz war es schon schwieriger und bei Raffi versagte mein Vorstellungsvermögen gänzlich. Der war doch ein ganz, ganz kleiner Kuschelbär!

Ich lachte bei diesen Erinnerungen, knabberte einen Keks und summte den neuesten Gorillaz-Hit: »... *There's a monkey in the jungle ...*«

Mein Handy meldete sich. Franzi.

»Na, hast du dich inzwischen beruhigt?«

Hatte ich, aber wenn die mir schon so kam, wurde ich gleich wieder wild. Dennoch bezähmte ich mich und sagte betont locker: »Hab mich doch nie richtig aufgeregt. Was meinst du, was dann los gewesen wäre! Was gibt es denn?«

»Lea fragt, ob es morgen beim Treffen in der Freistunde bleibt und ob wir Mona auch einladen sollen?«

Mir war, als wedelte mir jemand mit einem roten Tuch vor den Augen herum. Wollten die mich provozieren?

Aber diesmal reagierte ich taktisch geschickter und fragte erst einmal: »Und? Was ist deine Meinung?«

Franzi druckste herum.

»Na ja, warum eigentlich nicht?«, sagte sie schließlich. »Sie ist ja auch ein Mädchen.«

»Aber nicht jedes Mädchen aus der Klasse ist bei den *Pepper Dollies*!«, gab ich zu bedenken und bemühte mich möglichst sachlich zu klingen.

»Das stimmt«, musste Franzi zugeben.

»Vielleicht wäre es ihr auch gar nicht recht«, versuchte ich sie weiter zu verunsichern. »Du würdest ja auch nicht gleich irgendwo eintreten, Partei oder Gartenverein, wenn du neu in einer Stadt wärst. Oder? Du würdest doch etwas Zeit brauchen, um dich erst mal zu orientieren und dich dann erst entscheiden.«

Dem konnte Franzi nur zustimmen.

»Siehste! Dann lassen wir doch die Mona sich erst mal orientieren. Bei den anderen in der Klasse zum Beispiel. Vielleicht passt sie ja viel besser zu den Schleimschnecken.«

Das Letzte hätte ich mir doch verkneifen sollen, denn es löste gleich wieder Franzis Opposition aus.

»Also, das glaube ich nicht, dass sie mit denen klarkommt. Dazu ist sie viel zu gradeheraus!«

Ach nee, dachte ich, sie hat dich ja mächtig eingewickelt! Andererseits waren die Schleimschnecken Gracia, Lydia und Daphne in der Klasse wirklich ganz schön mies angesehen. Aber daran waren sie selbst schuld, denn sie verhielten sich absolut uncool. Sie hatten nie eine eigene Meinung, redeten ständig den Lehrern nach dem Mund, vergaßen nie ihre Hausaufgaben und für gute Noten putzten sie sogar die Tafel und trugen den Lehrern die Klassenarbeiten ins Lehrerzimmer.

So mausgrau und spießig wie die war die Neue wirklich nicht. Im Gegenteil ... das war ja das Problem. Sie wirkte wie ein bunter Hund und führte sich auch so auf! Allein was die für Klamotten trug. Und wie sie die Teile schleppte. Echt stylish und unbekümmert. Ich seufzte.

»Okay«, kam ich Franzi etwas entgegen. »Wir können doch morgen alle zusammen drüber reden und notfalls stimmen wir ab.«

Das war doch nun ein richtig demokratisches Angebot.

Morgen konnte ich dann immer noch eine flammende Rede gegen die Aufnahme von Mona halten, aber das brauchte ich Franzi ja heute noch nicht auf die Nase zu binden.

## Unverhofft kommt oft

In dieser Nacht konnte ich gar nicht gut schlafen. Ich war irgendwie durch den dicken roten Klecks in mein Kunstbild gefallen und irrte in einer wilden Farbenlandschaft herum, die mir wie ein großes wahnwitziges Labyrinth vorkam. Schweißgebadet wachte ich gegen drei Uhr in der Frühe auf. Ein erneutes Einschlafen war unmöglich und so entwarf ich bis zum Weckerklingeln zahllose Versionen einer Brandrede, mit der ich meine Freundinnen davon überzeugen wollte, dass sie diese Mona auf keinen Fall in unseren Club aufnehmen konnten.

Die Überlegungen hätte ich mir sparen können.

Erstens wurde ich niedergestimmt und zweitens lehnte Mona dankend ab, als Lea ihr vor der Englischstunde die frohe Botschaft mitteilte, dass sie bei uns eintreten könnte.

»Wirklich sehr nett von euch«, sagte sie mit einem viel sagenden Blick zu mir und Franzi.

»Aber ihr werdet verstehen, dass ich mich als Neue noch nicht an eine Gruppe binden möchte. Vielleicht später mal.«

Batsch! Die Ohrfeige saß. Franzi war echt erschüttert.

»Und für die hab ich mich so aus dem Fenster gelehnt«, flüsterte sie mir immer noch aufgebracht in der Englischstunde zu. Was ihr von unserer strengen Englischlehrerin Frau Ingrimm sofort eine Sonderaufgabe einbrachte.

Ich muss gestehen, dass ich nicht mal richtiges Mitleid mit ihr empfand. Ich hoffte nur, dass sie nun wohl von ihrer Mona-Manie geheilt war.

Wie ihr ging es auch den anderen.

Als Mona sich dann auch noch beim Mittagessen in der Cafeteria nicht zu uns, sondern an einen leeren Tisch neben den Gorillas setzte, die sie mit einem Riesen-Tamtam begrüßten, lief das Fass endgültig über. Erst diese Abfuhr und dann eine solche Provokation! Das würde Mona noch Leid tun! Mit uns jedenfalls hatte sie es sich gründlich verdorben.

Eigentlich war es ja ein bisschen gemein, aber ich konnte nicht anders: Ich freute mich maßlos über die Entwicklung der Dinge. Und so pfiff ich nach der Sport-AG fröhlich unter der Dusche vor mich hin, als Mona sich die Dusche neben mir andrehte. Sie begoss sich mit Unmengen eines ausnehmend gut riechenden Duschgels und als ich verstohlen zu ihr rüberschaute, erkannte ich, dass es eine ziemlich teure Marke war. Sie schäumte Haare und Body kräftig ein und ließ dabei kleine schnaufende Laute des Behagens ertönen. Dick lief ihr der Schaum den Rücken hinunter. Auch nackt sah sie wirklich gut aus. Sie war schlank und hatte eine samtbraune, in der Nässe glänzende Haut mit nur ganz wenigen Leberflecken.

Ich betrachtete das Muttermal auf meinem Bauch. Zwar sah es ja normalerweise niemand, da es unterhalb der Bikinigrenze lag, aber ein wenig störte es mich nun doch.

Genau in diesem Moment, als sich vermutlich die Unzufriedenheit hässlich in meinem Gesicht abzeichnete, drehte sich Mona unter der Dusche zu mir um.

Sie sah mich einen Moment wortlos an, dann reichte sie mir ihr Duschgel rüber.

»Willste auch? Ich find's phantastisch. Ich dusch nur noch damit. Kannst es auch für die Haare nehmen.«

Ich zögerte einen kurzen Moment, in dem ich den köstlichen Schaum praktisch schon auf der Haut spürte. Dann lehnte ich heroisch ab. Kiki ließ sich nicht kaufen. »Nein, danke!«, sagte ich. »Ich stehe nicht auf so süßliche Düfte!«

»Na, denn nicht!« Mona zog die Hand mit dem Duschgel zurück. Zum ersten Mal hatte ihre Stimme ein wenig scharf geklungen und spitz fügte sie noch hinzu: »Jungs stehen auf so was!«

»Und dann hat sie gesagt: Jungs stehen auf so was!«

Ich hing mit Lea und Franzi am Getränkeautomat vor der Turnhalle rum und erzählte mit äußerster Genugtuung, was ich soeben mit Mona erlebt hatte.

»Damit ist doch wohl sonnenklar, dass sie es nur auf unsere Jungs abgesehen hat. Wie die sich heute einfach neben die an den Tisch gesetzt hat!«

»Offenbar braucht sie Bewunderer!«

»Kann sie haben«, sagte Franzi, »solange sie die Finger von Raffi lässt.«

Ich konnte zwar nicht unbedingt nachvollziehen, was Franzi ausgerechnet an dem kleinen Raffi mit den ewig roten Ohren fand, aber wenn sie ihn denn haben wollte, sollte sie ihn haben. Ich interessierte mich eher weniger für den Typ.

Überhaupt waren mir eigentlich die Jungen aus meiner Klasse viel zu albern. Andauernd ließen sie die Pubertät raushängen und gaben entweder den kleinen Macho oder waren plötzlich völlig unverhofft total verlegen und sensibel. Ständig latschte frau irgendeinem von diesen Zwitterwesen völlig unbeabsichtigt auf den Stiesel.

Meine Herren, hatten Jungs es schwer, zum Mann zu werden!

Was speziell die Gorillas anging, die machten sich dabei besonders peinlich. Denn es war wirklich affig, wie die hinter Mona her waren.

Selbst Fabian, der immer den Obercoolen mimte, fraß ihr förmlich die Bananen aus der Hand.

Allerdings verstand sie es wirklich, was aus sich zu machen, das musste der Neid ihr lassen. Auch heute trug sie schon wieder ein paar megasteile Fummel. Voll den angesagten First- und Secondhand-Mix.

»Mensch, du hast ja wieder 'ne tolle Tapete an!«, grunzte Fabian begeistert und seine Mitaffen stießen anerkennende Pfiffe aus.

Ich seufzte, weil die Welt ungerecht war. Mehr als zwei Jahre hatten wir daran gearbeitet, einigen von unseren Klassenkameraden ein zivilisiertes Verhalten beizubringen – weitgehend vergebens. Und nun kam diese Mona daher und unsere Jungen verwandelten sich in Musterknaben! Gruselig!

»Vielleicht ist sie eine Hexe«, spekulierte Lea angesichts dieser unglaublichen Wandlung. »Und mit ihren magischen Fähigkeiten verhext sie unsere Jungs.«

Nun war es an mir, loszuprusten! Ich traute Mona ja allerlei zu, aber dass sie eine Hexe sein sollte, hielt ich doch für einen ziemlich albernen Einfall.

Lea sah mich an und ging dann beleidigt weg.

»Jetzt hab ich sie wohl verärgert«, sagte ich zerknirscht, »aber sie nimmt diesen ganzen Esoterikkram wirklich etwas zu ernst. Ein aufgeklärter Mensch kann doch heute nicht mehr an Hexen glauben!«

Wenigstens stimmte Franzi mir zu. »Sie ist wie eine Sirene. Ganz schön trickreich. Das ist nicht nur ihr gutes Aussehen. Vielleicht sollten wir ein bisschen von ihr lernen.«

Ich starrte Franzi an. Wie bitte? Hallo? Das war doch wohl nicht ihr Ernst. »Soll ich mich vielleicht genauso peinlich machen?«

»Macht sie sich peinlich?«

»Na, wenn du das nicht merkst!«

»Ich finde, die Jungen machen sich peinlich, weil die gleich so auf sie abgefahren sind.«

»Würde mich wirklich interessieren, was die an ihr so toll finden!«

Ich riskierte es.

In der großen Pause sprach ich Fabian auf sein seltsames Verhalten an. Schließlich hatte er mich bis zu Monas Auftauchen ziemlich heftig angegraben und ich hatte somit ein Recht zu erfahren, warum sie mir nun den Rang ablief.

Aber Fabian berief sich nur auf seinen Job als Klassensprecher und meinte: »Ist doch logisch, dass ich ihr ein bisschen helfe, in die Klassengemeinschaft und den Unterrichtsstoff reinzukommen.«

»Und darum hängst du jetzt mit den Gorillas jede freie Minute bei ihr ab?«

Er sah mich erstaunt an, zog seine dunklen Augenbrauen über der Nasenwurzel hoch und fragte mit einem hinterlistigen Lächeln in den Augenwinkeln: »Stört es dich? Ist mir bisher nie aufgefallen, dass du dich dafür interessierst, was wir in unseren Freistunden tun!«

Hatte ich ja auch nicht. Zumindest Fabian war jemand, an dem ein Mädchen wie ich echt kein Interesse haben musste, oder?

»Na ja, bevor Mona gekommen ist, hast du Kiki ja immerhin ganz schön angebaggert!«, sagte Franzi spontan.

Nein, wie peinlich. Das musste ja für Fabian klingen, als ob ich eifersüchtig auf Mona wäre, weil mir seine Anmache fehlte!

Ich musste wohl einen ziemlich entsetzten Ausdruck im Gesicht gehabt haben, denn er grinste megaüberlegen und sagte: »Man muss sich ja die Zeit vertreiben. Und das macht mit Mona ziemlich viel Spaß. Hättest du ja auch haben können, aber ich hatte nie den Eindruck, dass du sonderlich auf mich stehst. Hab ich mich da vielleicht geirrt?«

Ich hätte ihn würgen können! Dieser eingebildete Pinsel!

»Nein, hast du nicht!«, bellte ich ihn wütend an, griff Franzi am Arm und zerrte sie mit mir fort.

»Komm bloß weg hier, ehe ich dem noch an die Gurgel gehe«, stieß ich total geladen hervor. »Statt mit blöden Sprüchen hätte er es bei mir ja auch mal mit Nachhilfe probieren können.« Die konnte ich in Mathe zum Beispiel ganz gut gebrauchen. Mindestens so gut wie Mona! Grrrr!

Apropos Mathe!

Da stand mir ja heute auch noch ein Test bevor. Statt ständig über Mona und die Jungs nachzudenken, sollte ich mich vielleicht ein bisschen darum kümmern und noch schnell ein paar Infos einholen.

»Lass uns mal zu Greetje rübergehen und noch ein paar Mathesachen klären«, schlug ich Franzi vor. »Ich hab da nämlich so einiges nicht gecheckt.«

»Fällt dir ja früh ein«, sagte die ein bisschen vermuffelt, weil ich sie so hastig von Fabian weggezerrt hatte, wo doch gerade Raffi aufgetaucht war.

»Du willst was mit ihm anfangen, stimmt's?«, fragte ich völlig undiplomatisch.

Worauf sie natürlich gleich blockte. »Mit wem?«

»Na, mit Raffi! Hättest dich mal sehen sollen ... solche Kalbsaugen hast du gemacht.« Ach du liebes Lieschen, war ich denn durchgeknallt? Wie konnte ich denn so was zu meiner besten Freundin sagen? Auch wenn es der Wahrheit entsprach ... Klar, dass ich gleich die Quittung kriegte.

»Aber du hast dich bei Fabian ja überhaupt nicht peinlich gemacht!« Und indem sie meine Stimme übertrieben nachahmte, sagte Franzi: »Warum hängst du jede freie Minute mit Mona ab ...«

Das hatte ich zwar so nicht gesagt, aber ich konnte ihren Ärger ja verstehen. Doch ehe ich mich noch entschuldigen konnte, drehte sie sich um und verschwand hocherhobenen Hauptes im Schulhofgetümmel.

Es blieb mir also nichts anderes übrig, als ihr während des Mathetests ein Briefchen zuzuschieben, in dem ich sie um Verzeihung bat.

Ich hatte es grade fertig geschrieben und versuchte es unauffällig an den Adressaten zu bringen, als sich die schneidende Stimme unseres Mathelehrers Logel schmerzhaft in mein Gehör bohrte: »Kristina! Komm sofort nach vorne und bring mir diesen Zettel und deine Arbeit mit! Das gibt eine Sechs wegen Täuschungsversuch!«

»A-a-aber ich hab doch gar nicht täuschen gesucht … äh, zu versucht … äh … also … ich wollte gar nicht … bestimmt, ich hab nicht gemogelt!«, stotterte ich geschockt.

Die Blicke meiner Mitschüler richteten sich von den Heften auf mich und brannten wie Laserstrahlen. Hitze stieg mir in den Kopf und ich lief bestimmt rot an. Peinlich, peinlich.

»Komm hierher«, blieb Logel ungnädig.

»Wenn du mir was zu sagen hast, kannst du das auf dem Flur machen, damit die anderen nicht bei der Arbeit gestört werden.« Er stand auf und kam mit wenigen großen Schritten an meinen Arbeitstisch, griff sich das offene Heft mit der einen Hand und hielt mir die andere auffordernd hin. »Wo ist der Zettel?«

Ich legte ihn in seine geöffnete Hand. Ich saß da wie betäubt.

»Würdest du dich bitte erheben?« Noch immer klang seine Stimme sehr aufgebracht.

Eigentlich war er ein netter Lehrer, ein bisschen kauzig, aber nett. Logel hieß er, weil er bei jeder sich bietenden Gelegenheit »ist doch logisch« sagte. Leider war er unerbittlich, wenn es um Mogelei ging. Da hatte ich mir ja was Schönes eingebrockt. Wie in Trance stand ich auf und folgte ihm zur Tür. Er öffnete sie.

»Wehe, einer nutzt die Situation zum Abschreiben aus!«, sagte er drohend zur Klasse und schob mich in den Flur hinaus. »Und nun zu dir ...«

Endlich konnte ich auch mal was sagen. »Wirklich, ich habe nicht gemogelt. Ich – ich habe nur einen Entschuldigungsbrief geschrieben ... an Franzi ... Sie – Sie können ihn gerne lesen ...«

Er sah mich zweifelnd an, aber da er mich eigentlich mochte und nicht zu den Lehrern gehörte, die immer gleich das Schlimmste von Schülern glaubten, sondern weil er im Zweifel auch mal für den Angeklagten war, faltete er das Briefchen auseinander und las, was ich Franzi geschrieben hatte.

*Sei nicht mehr sauer! Ich mache es auch wieder gut. Soll ich dir ein Date mit Raffi arrangieren?*

Das war zwar peinlich genug, aber immer noch besser, als fälschlich der Mogelei bezichtigt zu werden.

»So, so«, sagte Logel und konnte sich ein Schmunzeln nicht verkneifen, »ein Date für Franzi mit Raffi ... Und wie willst du das arrangieren?«

Er hatte mit normaler Lautstärke gesprochen und ich konnte nur hoffen, dass alle so in ihre Arbeit vertieft waren, dass sie es nicht durch die einen Spalt offen stehende Tür gehört hatten, sonst hätte ich nicht nur mich, sondern auch Franzi unsterblich blamiert.

Seine Frage war Gott sei Dank nur rhetorischer Art gewesen, denn er faltete den Zettel wieder zusammen und gab ihn mir zurück. »Pack das weg. Du kannst Franzi den Brief in der Pause geben. Im Unterricht dulde ich so eine Nebenkommunikation nicht und während Klassenarbeiten geschrieben werden schon gar nicht.« Er gab mir auch mein Arbeitsheft zurück. »Schreib jetzt die Arbeit weiter und hol dir am Ende der Stunde eine Sonderaufgabe ab. Damit will ich die Sache dann auf sich beruhen lassen.«

Ich griff nach dem Heft und ging schnell in die Klasse zurück. Puh, da hatte ich ja noch mal Glück gehabt.

Bei Frau Ingrimm hätte es mindestens einen Eintrag ins Klassenbuch gegeben. Logel war halt doch ein Netter.

Franzi und ich saßen versöhnt auf einer Schulhofbank. Die Mittagspause war vorbei und wir taxierten die vorbeikommenden Jungs.

»Für dich«, sagte ich. »Wenn es mit Raffi nicht klappt, wäre das einer für dich.«

Da sie meiner Meinung war, machte sie vor ihren Füßen einen Strich in den Sand. Wir spielten dieses Spiel schon eine Weile und es hatte seinen Reiz immer noch nicht verloren. Wenn die Pause vorbei war, zählten wir, wie viel Striche zusammengekommen waren. Leider wurden es mit der Zeit immer weniger. Ich stand auf und wischte die heutige Strichliste mit ein paar Fußbewegungen aus. Dabei seufzte ich hörbar. Die Auswahl wurde wirklich immer kleiner.

»Unsere Ansprüche wachsen offenbar«, sagte ich, »oder die Typen an dieser Schule sind einfach nur schlichter Durchschnitt. Kein Traumboy dabei, der ...«

Ein Geräusch wie einstürzende Neubauten schreckte mich aus meinen Überlegungen. Ich blickte vom Boden auf und starrte in ein absolut nicht durchschnittliches Jungengesicht. Ich schluckte den Rest meiner unzufriedenen Bemerkung hinunter und rang nach Luft. Meine Güte, wo kam der denn her? Und so plötzlich und was war das überhaupt für ein Getöse gewesen und wo steckte denn Franzi nun schon wieder ...?

»Entschuldigung«, sagte der Typ und klang etwas hektisch, »ich muss das mal eben auf der Bank ablegen, sonst fliegt es mir auch noch hin.«

Er lud einen überdimensionalen Bücherstapel auf der Sitzfläche ab. Ein Teil seiner Last war offenbar schon darauf niedergebrochen. Mit einem Seufzer setzte er sich daneben. Franzi war nun auch wieder zu sehen. Sie stand hinter der Bank. Der Knabe mit seinem Bücherstapel hatte sie nur kurz verdeckt. Ich starrte den Typen fasziniert an, als wäre er eine übersinnliche Erscheinung. Wenigstens fand ich meine Sprache wieder.

»Was machst du denn mit so vielen Büchern?«, fragte ich.

»Ich muss sie in die Bibliothek zurückbringen. Das ist der Klassensatz von der letzten Englischlektüre. Ich bin Klassensprecher in der 9c. Ziemlich bescheidener Job. Man ist wirklich der Handlanger für alle!«

Franzi nahm ein Buch und blätterte darin. »Ganz

schön dick!«, sagte sie. »Müssen wir das auch lesen?«

»Wenn ihr Frau Ingrimm in Englisch kriegt, bestimmt.« Der Typ lachte. »Aber es sieht schlimmer aus, als es ist. Eigentlich war es eine ganz spannende Story.«

Er fing an, die Bücher wieder aufeinander zu stapeln.

Noch immer starrte ich ihn an wie ein Weltwunder.

Ich begriff nicht, warum er mir bisher nie aufgefallen war. Der hätte in meiner Strichliste nicht nur einen Strich, sondern ein fettes Ausrufezeichen bekommen! Welch gnädige Fügung, dass seine Kräfte ihn genau an unserer Bank verlassen hatten.

Mindestens so erstaunlich wie ihn fand ich allerdings auch meine eigene Reaktion.

Bei anderen Typen wäre mir in ähnlicher Situation vermutlich der Schweiß ausgebrochen, der Kreislauf vor- und zurückgelaufen und jeder gedanklich vorformulierte Satz dem Gedächtnis entglitten, bevor er es über meine Lippen geschafft hätte. Diesmal aber stammelte ich nicht und meine Hände waren auch nicht feucht, als ich einen Teil des Bücherstapels ergriff und kühn sagte: »Komm, ich helf dir, sonst fliegt dir gleich wieder was runter. Ich hab eh denselben Weg.«

Mit den Büchern in der Hand steuerte ich auf das Hauptgebäude zu, in dem sich die Schulbibliothek befand.

Zurück blieb eine völlig verdatterte Franzi. Tat mir ja Leid, aber um die würde ich mich später kümmern. Diesen Typen konnte ich wirklich nicht einfach mit seinen Büchern davonziehen lassen. Irgendeine innere Stimme sagte mir, dass ich an dem dranbleiben musste.

»Ist er nicht himmlisch?«, hauchte ich Franzi zu Beginn der Englischstunde zu.

Sie schien immer noch nicht fassen zu können, was sich da eben vor ihren Augen abgespielt hatte, da ich sonst eher von der zurückhaltenden Art war.

Ich konnte gerade noch vor Frau Ingrimm in die Klasse flutschen und zu mehr als drei erklärenden Sätzen gab es wirklich keine Möglichkeit. Frau Ingrimm war außerordentlich streng und duldete nicht das kleinste Nebengespräch. Auch jetzt hatte sie gleich wieder mitgekriegt, dass ich etwas zu Franzi gesagt hatte.

»Kristina, hast du etwas zum Unterricht beizutragen? Wenn nicht, halt den Mund.«

Ich sah Franzi an und zuckte bedauernd die Schultern. Das sollte heißen: Sorry, später mehr!

Natürlich war Franzi total neugierig und ziemlich gefrustet, weil sie nun vierzig Minuten auf weitere Informationen warten musste. Klar, dass sie mir bald einen Zettel zuschob.

*Du guckst so verklärt! Was habt ihr denn in der Bibliothek gemacht?*

Ich zögerte. Sollte ich zurückschreiben? Ich schielte zu Frau Ingrimm, die gerade etwas an der Tafel demonstrierte und dabei wieder mal Krümel für Krümel die Kreide zerbröselte. Ihr Kreideverbrauch war der Schrecken des Hausmeisters und wir räumten darum immer vor ihrer Stunde die Kreide weg. Aber irgendeine der Schleimschnecken hatte ihr wieder mal ein Stück zum Vernichten besorgt. Na egal, sollte sie bröseln.

Wie dem auch sei, Franzi antwortete ich jetzt wohl besser nicht. Noch mal wollte ich mich heute nicht erwischen lassen, schon gar nicht von Miss-Stress Ingrimm. Die war nicht so menschenfreundlich wie Logel. Also zischte ich Franzi zu: »Später!«

Aber Frau Ingrimm hatte lange Ohren und eine scharfe Zunge dazwischen.

»*Später* kannst du dir eine Sonderaufgabe abholen, Kristina! Ich habe dich gewarnt.«

Na, prächtig! Das war die zweite Sonderaufgabe an diesem Tag. Da wusste ich ja, womit ich nach Schulschluss den Rest des Tages verbringen würde.

»Konntest du denn nicht bis nach der Englischstunde warten!«, schnaubte ich Franzi an, als wir uns auf den Heimweg machten, aber da es ihr Leid tat, erzählte ich ihr schließlich doch, was ich mit diesem tollen Typ in der Bibliothek erlebt hatte.

Der Bibliotheksturm war der älteste Teil unserer Schule und mit seinen dicht an dicht im Dämmerlicht aufgereihten Bücherregalen irgendwie ein bisschen geheimnisvoll. So fand ich es ziemlich aufregend, hier allein mit diesem Traumtypen von einem Jungen Bücher einzuräumen, und mein Herz schlug mir bis in den Hals, als er sagte: »Kann ich mich für deine Hilfe revanchieren und dir morgen in der großen Pause eine Coke spendieren?«

Ich hatte das Gefühl, dass mich irgendetwas vom Boden hochhob und einige Zentimeter darüber schweben ließ. Aber ich war noch genug in dieser Welt, um ganz schnell zuzusagen.

»Okay, treffen wir uns doch am Getränkeautomaten vor der Turnhalle!«

Wir machten uns auf den Weg zum Ausgang, als er plötzlich ohne ein Wort hinter einer der Regalreihen verschwand.

Ich wartete einen Moment und rief dann, als er nicht wieder auftauchte, zaghaft: »Hallo?«, denn schließlich bölkt man in der gedämpften Stimmung einer Bibliothek ja nicht gleich los.

Keine Antwort.

Wo blieb er denn nur? Ob er noch ein Buch mitnehmen wollte?

Ich ging ein paar Schritte zurück und schaute mich in dem Gang zwischen den Regalreihen um, in dem er verschwunden war. Nichts. Der hatte sich doch nicht etwa einfach vom Acker gemacht? Nee, ging ja gar nicht. Die Bibliothek hatte nur eine Tür und vor der hatte ich die ganze Zeit gestanden.

»Hallo!«, rief ich noch mal und nun etwas lauter. »He? Hallo? Wo steckst du?« Warum hatte ich mich nur nicht nach seinem Namen erkundigt! Das klang ja dämlich, immer nur »he« und »hallo«.

Etwas, was der naturkundliche Laie für einen Käuzchenruf halten konnte, antwortete mir. Scherzbold!

Ich sah in die nächste Regalreihe. Wollte der Typ mit mir Verstecken spielen? Erneut ertönte ein seltsam krächzender Ruf. Weder Nachtigall noch Lerche. Wenn der mein Romeo werden wollte, musste er aber schleunigst das Geflügel wechseln! Ich kicherte. Das Versteckspiel begann mir Spaß zu machen. Na warte, dich werde ich überlisten!

Ich glaubte inzwischen eine Ahnung zu haben, wo er ungefähr steckte, und als er erneut seinen Balzruf ausstieß, pirschte ich mich leise an die Regalreihe heran, hinter der ich ihn vermutete. Seine Lockrufe kamen in immer kürzeren Abständen, offenbar irritierte es ihn, dass ich nicht antwortete. Nun war ich mir sicher, dass er genau neben mir, nur auf der anderen Seite der Bücherwand stand.

Vorsichtig nahm ich ein Buch aus dem Regal und linste durch den entstandenen schmalen Spalt. Tatsächlich. Da lauerte er, zum Greifen nah, mit seltsam gespitzten Lippen, und schnarrte seinen Käuzchenruf. Zum Quieken komisch! Wenn ich einen Fotoapparat gehabt hätte, wäre ich locker im Schnappschuss-Wettbewerb unserer Lokalzeitung unter den Gewinnern gewesen.

Irgendwie erinnerte mich das Ganze dann plötzlich an eine Szene aus dem Romeo-und-Julia-Film, wo sich die beiden Hauptdarsteller, getrennt durch ein Aquarium, zum ersten Mal sahen. Nur, dass wir nicht wegen der bunten Fischlein, sondern wegen der alten Schwarten nicht zueinander kamen! Ich überlegte noch, wie das wohl zu ändern wäre, als die Bücher vor mir wie von Geisterhand gestoßen in Bewegung gerieten. Ich konnte gerade noch zurückspringen, um nicht den halben Inhalt des Regalbrettes an den Kopf zu kriegen. Mindestens zwanzig Bücher krachten polternd vor meine Füße.

»Spinnst du!«, kreischte ich entsetzt. »Willst du mich erschlagen?!«

Als ich wütend von der Bescherung zu meinen Füßen aufsah, schaute sein frecher Jungenkopf durch die entstandene Lücke im Regal und grinste mich an. Offenbar war auch ihm die Ähnlichkeit mit der von mir erinnerten Filmszene aufgefallen, denn er deklamierte mit leicht ironischem Unterton: »Meine Lippen, zwei errötenden Pilgern gleich, sind gern bereit den rauen Schlag mit einem sanften Kuss zu sühnen ...«

Nicht ungeschickt. Wie hatte Julia noch gleich reagiert? »Du bist kein Pilger«, sagte ich.

»Und du keine Heilige.« Er nahm eine der verbliebenen dicken Schwarten aus dem Regal und drückte einen Kuss drauf. »Nimm meinen Kuss durch dieses Buch ...«

Nein, wie poetisch! Hatten nicht auch Romeo und Julia sich auf diesem Weg den ersten Kuss gereicht? Ich fühlte wie mir das Blut in die Wangen schoss. Ein köstlicher Schauer überlief mich. Ich brauchte nur noch das Buch an meine Lippen pressen ... und das Glück würde vollkommen sein ... das Band der Liebe zwischen uns geknüpft ...

Ich hob den geweihten Wälzer zum Mund, da fiel mein Blick auf den Titel:

*Über die Minderwertigkeit des weiblichen Geschlechts – ein Beweis, dass Frauen keine Menschen sind. Nachdruck einer Doktorarbeit aus dem Jahre 1595.*

In gellendes Gelächter auszubrechen und ihm das Buch an die Rübe zu werfen war eins. Er zog jedoch den Kopf zurück, bevor das Buch ihn traf.

»Was ist denn?«, stammelte er fassungslos.

»Lies doch selbst!«, rief ich und rannte zum Ausgang.

»Bleib stehn!«

»Fang mich doch!«

Und mit einem Knall schlug die Tür hinter mir ins Schloss.

Im selben Moment schrillte die Schulklingel los und verkündete das Ende der Pause.

Franzi war beeindruckt und zog gleich ein realistisches Fazit.

»Also triffst du dich morgen mit ihm am Getränkeautomaten. Echt irre!«

Das fand ich auch und ich seufzte noch immer ziemlich verwirrt: »Ich kann's nicht erklären, Franzi, aber dieser Typ hat mich einfach umgehauen!«

Franzi grinste. »Dafür stehst du aber noch ziemlich fest auf den Füßen!«

Ich grinste ebenfalls. »Äußerlich, Franzi, rein äußerlich. Innerlich sitze ich völlig verdattert auf dem Hintern und verstehe die Welt nicht mehr!«

Franzi betrachtete mich nun mit gespieltem Ernst, wiegte bedenklich den Kopf und sagte dann: »Tja, aufgrund dieser Symptome kann ich nur eine Diagnose stellen: voll verknallt! Ich empfehle Bettruhe und kalte Umschläge!«

Ich packte sie bei den Schultern und schüttelte sie: »Du – du Monster, du!«, rief ich und lachend rannten wir los, um den Bus nicht zu verpassen.

Bevor ich mich zu Hause an die Strafarbeit machte, wollte ich erst mal den Schulmief aus dem Pelz spülen. Als ich mich jedoch der Dusche näherte, hörte ich von dort laute Musik. Ich öffnete vorsichtig die Tür und blieb wie vom Donner gerührt auf der Schwelle stehen. Auf dem Klodeckel stand ein Ghettoblaster und dröhnte in voller Lautstärke einen Song von den Gorillaz und im Nebel der völlig überhitzten Duschkabine gewahrte ich den Keks unter der Brause. Er setzte gerade eine Flasche Malzbier an den Schlund und fand sich wohl megagroovy. Als ich eintrat, kreischte er hysterisch auf und hielt eine Hand vor sein männliches Teil, um es so meinen Blicken zu entziehen.

»Mann, hab dich nicht so!«, blaffte ich ziemlich sauer angesichts dieses Belagerungszustandes in der Dusche. »Ich guck dir schon nichts weg! Was auch!«

Er kreischte »Zicke!« und ich knallte die Tür zu und verzog mich frustriert an meinen Schreibtisch.

Ich saß grübelnd über den Sonderaufgaben von Logel und Frau Ingrimm. Aber eigentlich dachte ich über die denkwürdige Begegnung mit diesem Jungen aus der Neunten nach. Inzwischen ärgerte ich mich besonders, ihn nicht nach seinem Namen gefragt zu haben. War irgendwie komisch, ständig an jemanden zu denken und nicht zu wissen, wie er hieß. Vielleicht sollte ich Daphne oder Fabian anrufen. Die waren doch auch Klassensprecher und hatten bestimmt eine Liste vom Schülerrat, auf der alle anderen Klassensprecher draufstanden. Schleimschnecke oder Macho? Was für eine berauschende Alternative! Welchen unverdächtigen Grund sollte ich denen denn nennen, warum ich den Namen eines Klassensprechers aus der Neunten brauchte? Grübel, grübel.

Ich kramte die Klassenliste unter der Schreibtischauflage hervor und wählte Daphnes Nummer. Sie war immerhin eine Frau und darum das kleinere Übel. Aber sie meldete sich nicht. Schiet! Also Fabian.

»Hi, hier ist Kristina ...«

»Oh, welche Ehre! Womit habe ich denn deinen Anruf verdient?«

Klar, war ja zu erwarten, dass er mich erst mal anpaulte.

»Äh, na ja, verdient hast du ihn ja eigentlich nicht ...« Himmel, was redete ich denn da! Das war ja wohl, selbst wenn er es scherzhaft nahm, nicht grade der richtige Einstieg, um eine Info aus ihm rauszuquetschen.

»... Äh, ich meine, natürlich hast du ihn verdient ...«

NEIN!!! War ich denn von allen guten Geistern verlassen. So ging es doch nun auch nicht!

Der Ansicht war er wohl auch, denn er sagte mit einem Anflug von Ungeduld in der Stimme: »Also verdient oder nicht, worum geht es denn, ich muss nämlich gleich zum Training.«

Ich holte tief Luft. »Kannst du mir vielleicht sagen, wer in der 9c Klassensprecher ist?«, presste ich hervor. So, das war raus.

»Warum willst du das denn wissen?«, kam natürlich die Gegenfrage.

Tja, warum wollte ich denn? Den wahren Grund konnte ich ihm ja schließlich nicht auf die Nase binden. Vielleicht kam mir beim Reden der Gedanke.

»Also, ja ...«, bröselte ich los. »Ich – ich habe da eine Mappe gefunden ...« Gefunden ist gut, dachte ich, Mappe auch, aber was ist drin, warum soll sie der Klassensprecher kriegen und nicht der Hausmeister, der bei uns das Fundbüro verwaltete. »Also, es steht *vertraulich* drauf« – vertraulich war genial, dann musste ich nicht wissen, was drin war in der Mappe. In vertrauliche Mappen guckte ein anständiger Mensch wie ich schließlich nicht rein.«»Ja, und *Klassensprecher 9c* steht noch drauf. Und weil du doch auch Klassensprecher und im Schülerrat bist, dachte ich, du weißt, den Namen von dem Klassensprecher der 9c und ich kann ihm die Mappe zurückgeben ...«

Puh, das war geschafft und klang doch auch ziemlich glaubwürdig.

»Die Klassensprecherin heißt Mariam, Mariam Feldbach, der Vater ist Zahnarzt.«

Klassensprecherin? Wollte er mich vielleicht verklapsen? Ich hatte doch nach dem Namen des Klassensprechers gefragt.

»Es steht aber ausdrücklich Klassensprecher und nicht Klassensprecher-IN drauf«, sagte ich und versuchte noch einmal, ihm den Namen des netten Typs zu entlocken.

Doch er kicherte nur albern und erwiderte: »Vielleicht ist es die Mehrzahl, dann ist die Mappe an beide adressiert und du kannst sie ihr genauso gut zurückgeben oder ...« Er machte eine Kunstpause. »... oder bist du nur an männlichen Amtsinhabern interessiert?«

»Nee, nee, ist schon in Ordnung«, sagte ich geistesgegenwärtig und dachte dabei: So ein Mist! Erklärend fügte ich hinzu: »Ich hab da gar nicht drüber nachgedacht, aber du hast Recht, es könnte wirklich für beide sein.«

»Tja, wenn man immer nur Jungs im Kopf hat ...«, lästerte Fabian. »Aber ich muss jetzt echt zum Fußball. Ciao!«

Und – zack – war die Verbindung getrennt.

Mariam Feldbach. Also gut, versuchte ich es eben bei ihr. Und tatsächlich, sie gab mir ohne Umschweife die gewünschte Auskunft.

»Danke«, sagte ich. »Das war nett von dir.«

Ich setzte mich wieder an den Schreibtisch und ehe ich mich versah, prangte in meinem Matheheft ein großes blaues Tintenherz und in der Mitte stand: Meik.

# Konkurrenz belebt das Geschäft

Am nächsten Tag steuerte ich in der großen Pause zielstrebig die Turnhalle an. Doch plötzlich stockten mir Fuß und Atem. Das durfte doch nicht wahr sein! Leider begriff ich sehr schnell, dass der Anblick, der sich mir bot, keine bunt schillernde Fata Morgana, sondern graue unerbittliche Realität war. Am Getränkeautomaten stand zwar wie erwartet und verabredet der Klassensprecher der 9c, aber gänzlich unerwartet stand Mona neben ihm. Und sie stand nicht nur neben ihm, um zum Beispiel ein Getränk aus dem Automaten zu ziehen, nein, sie hielt bereits eine Flasche in der Hand und unterhielt sich offenbar, von gelegentlichen Trinkhalmzügen unterbrochen, prächtig mit ihm. Bis zu mir perlte ihr giggelndes Lachen herüber.

»Ich erwürge sie«, zischte ich zu Franzi hinüber, »wenn sie sich an Meik ranmacht, drehe ich ihr den Hals um und sie wird an ihrer dämlichen Lache ersticken.«

Franzi sah mich angesichts dieses unvermittelten Ausbruchs von Aggression missbilligend an.

»Keine Selbstjustiz!«, mahnte sie. »Und keine unkontrollierten Gewaltakte! Lass mich das in die Hand nehmen.« Sie schob mich zur Seite und ging schnurstracks auf die beiden zu.

Oh Himmel! Was hatte sie vor? Sie würde mich doch hoffentlich vor Meik nicht peinlich machen!

Aber sie managte die Lage dann total cool. »Ach, Mona«, sagte sie. »Da bist du ja. Herr Wolf sucht dich. Du sollst mal ganz dringend zu ihm kommen. Irgendwas mit deinen Personalunterlagen, glaube ich.«

Ich kicherte innerlich. Genau, das polizeiliche Führungszeugnis fehlte wahrscheinlich. Sicher war sie vorbestraft wegen hemmungslosen Flirtens auf Schulhöfen!

»Dann müssen wir unser nettes Gespräch wohl leider abbrechen«, sagte Mona mit einem Blick zu Meik, in dem echtes Bedauern lag. »Vielleicht sehen wir uns ja wieder im Bus, dann können wir es fortsetzen.« Sie strahlte plötzlich wie ein Weihnachtsbaum mit elektrischen Kerzen, bei dem beim Einstecken des Steckers alle Lichter gleichzeitig angehen, und säuselte Meik ein »Ciao« zu. Dann zog sie in Richtung Verwaltungstrakt davon.

Und was tat Meik? Er stierte hinter ihr her, als ob sie ein Model auf dem Catwalk wäre.

Ich konnte es ihm ehrlich gesagt nicht mal verdenken, denn wie sie so auf ihren langen Beinen mit dynamischem Hüftschwung davonschritt, glich sie wirklich einer dieser Laufsteg-Tussis. Ich seufzte. Von so was mussten die Jungen ja angetörnt sein.

Resignation machte sich bei mir breit. Wenn ich Meik jetzt ansprach, würde er mich bestimmt mit ihr vergleichen, und wie dieser Vergleich ausfallen würde, konnte ich mir denken.

Ich richtete mich auf, nahm die Schultern zurück und versuchte mit wippenden Hüften wenigstens etwas modelmäßig auf ihn zuzusteuern.

Er erkannte mich sofort. »Oh, hallo, schön dass du an unsere Verabredung gedacht hast, ich ...« Er stockte und starrte mich an. »Hast du dich verletzt?«

»Ich? Verletzt? Nee, wieso?«

Er sah noch immer etwas besorgt aus. »Ich dachte, du hast was an der Hüfte, du gehst so seltsam.«

Franzis Hand fuhr zum Mund, um einen unkontrollierten Lacher zu ersticken. Sie hatte offenbar sofort kapiert, dass ich ihn mit meiner gestylten Gangart beeindrucken wollte. Er natürlich nicht. Er hatte nichts kapiert und beeindruckt war er auch nicht. Aber immerhin besorgt, das war ja auch schon was. Ich relaxte in meine normale Haltung und Gangart.

»Nee, geht schon wieder, hab mich ein bisschen verhoben.«

»Doch nicht an meinen Büchern«, sagte er grinsend und bot mir dadurch einen kleinen Surf auf der Mitleidswelle.

Ich sprang auf. »Wer weiß ...«

»Na, dann schulde ich dir ja umso mehr Dank. Kann ich es denn überhaupt mit einer Coke wieder gutmachen?«

»Wäre ja schon mal ein Anfang«, sagte ich, nun mutiger geworden.

Er zog eine Flasche aus dem Automaten, entfernte den Kronenkorken und reichte sie mir mit einem Trinkhalm.

»Willst du auch eine …«, wandte er sich an Franzi, die kulleräugig der Szene zugeschaut hatte. Aber ehe sie noch zustimmen konnte, kam ich ihr zuvor. »Wolltest du nicht Lea noch bei Bio helfen? Sie wartet schon seit zehn Minuten auf dich, gleich ist die Pause vorbei.«

Franzis Blick war nicht gerade freundlich, aber sie lehnte die Coke dankend ab und trollte sich.

Endlich! Endlich mit Meik allein.

Er zog sich auch eine Coke und dann standen wir beide nebeneinander vor dem Automaten und schwiegen uns an.

Er denkt jetzt bestimmt an Mona, ging es mir durch den Kopf.

»An was denkst du?«, ploppte da auch schon unkontrolliert die Frage aus meinem Mund. Konnte ich mich denn niemals bremsen?! War ja mal wieder voll peinlich, ein Gespräch so zu beginnen.

»Ich hab überlegt, ob du in die gleiche Klasse wie Mona gehst.«

In meinen Ohren rauschte es, als ob ich unter den Niagarafällen stünde. Jedenfalls war sein Satz wie eine heftige kalte Dusche. Wieso kannte er ihren Namen? Und was kümmerte es ihn, in welche Klasse sie ging? Offenbar hatte sie ihn schon voll eingewickelt. Was hatte sie noch gesagt? *Vielleicht sehen wir uns wieder im Bus.* Das konnte doch wohl nicht sein, dass ich endlich mal auf einen netten Typ stieß und dann fuhr er ausgerechnet mit dieser Ziege im gleichen Bus! Nee, Schicksal, maulte ich, das ist aber jetzt echt nicht fair! Unbeherrscht saugte ich an meinem Trinkhalm. Er hatte es beobachtet.

»Ganz schönen Zug hast du«, kommentierte er grinsend.

Normalerweise hätte ich das ja jetzt sehr süß gefunden, aber in dieser Konkurrenzsituation hatte ich das Gefühl, mir schon wieder eine Blöße gegeben zu haben. Das musste ich schnell korrigieren.

»Ähm, nein, äh, ich meine, ja ... heiß heute!«

Wieder huschte ein Ausdruck der Verwunderung über sein Gesicht. Klar, schließlich war es gar nicht heiß, sondern für die Jahreszeit eher viel zu kalt. Zu dumm. Jetzt musste er ja glauben, ich hätte Hitzewallungen. Der war doch bestimmt schon bedient von mir. Erst hinkte ich ihm einen vor, dann bekam ich Hitzeschauer und einen vernünftigen Satz kriegte ich offenbar auch nicht raus. Der musste mich ja für blond und blöd halten. Was ich nicht verstand, war der Unterschied zu gestern, wo doch alles so nett und problemlos gelaufen war. Diese Mona ist schuld, steigerte ich mich in meinen Zorn auf die Neue. Hätte sie sich nicht an ihn rangeschleimt, würde jetzt alles viel besser laufen. Während ich noch überlegte, wie ich noch mal die tolle Stimmung von gestern herbeizaubern konnte, kamen drei ältere Jungen auf uns zu.

»Na, Alter, probierst du's jetzt schon mit Siebtklässlerinnen?«, sagte der eine ironisch und stieß Meik dabei kameradschaftlich in die Rippen.

Der andere taxierte mich von oben bis unten, pfiff dann durch die Zähne und meinte grinsend: »Nette Braut, wenn man auf Grüngemüse steht!«

Worauf der Dritte in bellendes Gelächter ausbrach

und schnaubte: »Wirst du jetzt Vegetarier? Ich lach mich weg!«

Nun schien Meik die Situation peinlich zu sein. Ich war gespannt, wie er reagieren würde. Vermutlich würde er mich wie Petrus einfach verleugnen. Ich lag richtig. Noch ehe der Hahn schrie oder besser die Schulklingel ertönte, sagte er: »Na denn, mach's gut. Wenn du mal wieder mit dem Getränkeautomaten nicht klarkommst, ruf Onkel Meik!« Und mit einem blöden Lachen und einem gekünstelten »Prost« hob er die Flasche an den Mund. Er trank sie mit einem Zug leer, warf sie in den Flaschenkorb und zog dann mit seinen Kumpels aus der Neunten davon.

Ich war den Tränen nahe, denn er hatte nicht einmal nach meinem Namen gefragt.

»Und sie ist doch eine Hexe!«, sagte ich zu Franzi auf dem Nachhauseweg. »Sie braucht die Jungen nur anzusehen und schon sind sie ihr verfallen. Im Mittelalter hätte man sie verbrannt!«

Zu Recht, fand ich.

Aber Franzi meinte nur trocken: »Nun komm mal wieder runter. Wenn du dich in ihrer Gegenwart nicht immer wie das Kaninchen vor der Schlange aufführen würdest, stünden deine Chancen bei den Jungs viel besser. Mit deiner Eifersucht bringst du dich selbst um deine Möglichkeiten. Konzentrier dich doch mal darauf, deine positiven Eigenschaften herauszustellen, statt dich ständig mit ihr zu vergleichen. Konkurrenz kann das Geschäft beleben, wenn man nur richtig damit umgeht!«

Franzi nun wieder. Mit der Ansicht konnte sie später

mal Betriebswirtschaft studieren, aber nicht meine Stimmung aufhellen. Eine Psychologin war sie wirklich nicht.

Und so schlich ich voll depressiv von der Bushaltestelle nach Hause.

»Ach lass mich«, muffelte ich Schnuffel an, die wie immer an der Tür freudig über mich herfiel. »Hab jetzt keinen Bock auf ein Spielchen.«

Sie leckte mir trotzdem die Hand, verkrümelte sich dann aber mit eingezogenem Schwanz in ihre Ecke. Die wenigstens merkte sofort, wenn mir eine Laus über die Leber gelaufen war. Von dem Rest meiner Familie konnte ich das nicht behaupten. Ich war nur froh, dass mein Bruder heute mit zu einem Freund gegangen war, bei dem er auch übernachten würde. Eine Nervensäge weniger.

Als ich an den Hausaufgaben saß, kam mir gleich wieder die Szene mit Meik am Getränkeautomaten hoch. Einfach verleugnet hatte er mich, als seine Kumpel kamen. Als ob ich zu blöd wäre, eine Coke aus dem Automaten zu ziehen. Wütend malte ich schwarze Krakel auf das Blatt, auf dem ich eigentlich meine Kunstaufgabe beginnen wollte. Wenn Mona neben ihm gestanden hätte, dann hätte Meik sie seinen Leuten sicher vorgestellt und sich mit seiner Eroberung gebrüstet. Bestimmt spielte er nur ein Spiel mit mir.

Ich rief Franzi an.

»Ich kann ihn doch nicht einfach Mona überlassen«, sagte ich gefrustet. »Aber wie soll ich an ihn rankommen, wenn er sich nicht die Spur für mich interessiert?«

Franzi sah das mal wieder ganz realistisch. »Also, erst mal musst du dich von deiner Mona-Phobie lösen. Sie ist nun mal da. Das heißt doch nicht, dass du dich ständig mit ihr vergleichen musst.«

»Aber das tue ich doch gar nicht. Nur, warum muss sie immer da sein, wo ich bin, und immer das machen, was ich mache? Das ist doch zum Wahnsinnigwerden!«

Franzi begriff wohl allmählich, dass ich echt verzweifelt war, denn sie wirkte ziemlich verständnisvoll, als sie sagte: »Stimmt, auch für meinen Geschmack lauft ihr euch ein bisschen oft über den Weg. Vielleicht seid ihr euch einfach zu ähnlich.«

Ich hatte wohl nicht richtig gehört.

»Zu ähnlich? Welche Ähnlichkeit soll ich denn wohl mit der haben!?« Ich war doch nicht dunkelhaarig, sondern blond, und meine Nase war viel kleiner als ihre.

»Ich meine doch nicht äußerlich. Interessensmäßig. Gleiche AGs, ähnlichen Geschmack bei Jungen, so was halt. Da begegnet man sich eben. Ist sicher keine böse Absicht.«

Egal, ob Absicht oder nicht, es nervte.

Ich kochte mir einen Tee und musste zugeben, dass Franzi Recht hatte. Mona war mir wirklich erschreckend ähnlich. Nicht nur, dass sie die gleichen AGs gewählt hatte, sie war auch in den Fächern gut, in denen ich gut war, und sie schien, was Lehrer anging, ebenfalls meine Vorlieben zu teilen. Jedenfalls schleimte sie sich an meine Lieblingslehrer ganz schön ran. Na ja, und was Jungen betraf, da hatten wir offensichtlich auch den gleichen Geschmack. Das heißt, aufgefallen war mir das eigentlich bisher nur bei Meik, denn mit den Gorillas aus meiner Klasse konnte sich ja wohl nur jemand einlassen, der an Geschmacksverirrung litt. *There's a monkey in the jungle and its brain is in its tail ...*

Fabian, Sebastian, Schnorchel ... die konnte sie alle haben, da war ich echt großzügig. Aber von Meik sollte sie gefälligst ihre Griffel lassen.

Irgendwie war mir aber auch klar, dass Monas Konkurrenz nicht mein einziges Problem war. Ich hatte nämlich voll keinen Plan, wie ich Meik erobern konnte. Immerhin war er schon in der neunten Klasse und wahrscheinlich hielt er mich genau wie seine Kumpel tatsächlich für Grüngemüse und verschwendete nach dem kleinen Ausrutscher in der Bibliothek keinen weiteren Gedanken an mich.

Wie tragisch. Sollte es wirklich keinen Weg geben an ihn ranzukommen?

Es rumorte an der Haustür, Schnuffel bellte und Mam rauschte dynamisch wie immer herein. Musste ausgerechnet ich so eine hyperaktive Mutter haben? Auch heute verströmte sie wieder eine Aura von Tatendrang, dass es mich gruselte. Kaum war die Haustür hinter ihr zugefallen und Schnuffel hatte ihr Begrüßungsgebell eingestellt, brach sie in mein Zimmer ein und bröselte mich zu.

»Hast du noch einen Tee für mich? Ja? Dann hol ich mir eben eine Tasse.« Schon war sie wieder weg, rief aber lautstark aus der Küche: »Ich habe Himbeertörtchen mitgebracht. Möchtest du eins?«

Ohne meine Antwort abzuwarten, rauschte sie wenig später, ihre Tasse und zwei Kuchenteller balancierend, wieder bei mir rein. Sie stellte alles auf dem großen runden Teetablett ab und ließ sich dann neben mich auf das Sofabett plumpsen.

»Meine Herren«, stöhnte sie, »das war vielleicht ein Tag heute! Aber total interessant. Ich sag dir, da habe ich ein sagenhaftes Projekt für die Agentur an Land gezogen. Die gesamte Werbung für die Modenschau im City-Center. Plakatsäulen und -tafeln, Presse-, Kino- und Bandenwerbung und die gesamte Ausstattung am Laufsteg.« Sie rieb sich freudig die Hände und goss sich dann Tee ein.

»Glückwunsch«, sagte ich und nahm relativ ungerührt den Teller mit dem Himbeertörtchen, denn Mam verbreitete bei jedem ihrer Aufträge einen ähnlichen Enthusiasmus. Erst als ich die Gabel mit dem Kuchen zum Mund führen wollte, begriff ich plötzlich die Botschaft. Hatte meine Mutter Modenschau gesagt? Das klang ja mal richtig interessant. Jedenfalls besser als Werbung für Baumärkte und Sanitätshäuser. Vielleicht konnte ich mir da ja ein bisschen Styling abgucken.

Ich ließ die Gabel sinken und Törtchen Törtchen sein.

»Hast du Modenschau gesagt?«, fragte ich neugierig.

Sie sah mich erfreut an, weil ich offensichtliches Interesse an ihrer Arbeit zeigte, was nicht immer der Fall war.

»Ja. Du weißt doch. Die große Frühjahrs- und Sommermodenschau im City-Center. Da machen alle Boutiquen aus dem Center mit, von Teenie-Mode bis zur Mode für die vollschlanke Dame.«

Ich kicherte.

»Oh, dann solltest du dich als Model bewerben.«

Meine nicht gerade gertenschlanke Mutter seufzte gespielt theatralisch, stopfte aber dennoch unverzagt weiter Kuchen in sich hinein. »Für mich ist das nichts«, sagte sie. »Ich hab zu viel mit dem ganzen Werbekram zu tun. Aber du, du könntest dich bewerben. Wir wollen die Show diesmal nämlich ganz anders aufziehen. Mit einem Modelwettbewerb und Laienmodels. Teenies in deinem Alter brauchen wir auch.«

Ich glaubte es ja nicht! Drehte Mam jetzt völlig durch? Was sollte ich denn wohl bei einer Modenschau? Mich peinlich machen?

»Wieso machst du dich peinlich?« Mam konnte meine Vorbehalte gar nicht nachvollziehen. »Du siehst doch gut aus und ein paar hübsche Sachen über einen Laufsteg spazieren zu führen kann ja so schwer auch nicht sein.«

»Du vergisst, dass dich alle Leute dabei angaffen! Das ist doch megapeinlich.«

Meine Mutter schluckte den letzten Rest vom Himbeertörtchen runter und spülte mit Brombeertee nach. »So habe ich das noch nie gesehen. Ich dachte, das ist für junge Mädchen ein Spaß. Na ja, wenn man so in der Pubertät steckt wie du, ist man da vielleicht sensibler. War nur so eine Idee. Wir werden schon genug Bewerbungen kriegen. Es gibt immerhin für die Sieger und Platzierten schöne Einkaufsgutscheine.«

Das konnte mich aber auch nicht reizen, denn zu den Siegern würde ich gewiss nicht zählen, also brauchte ich auch gar nicht erst mitzumachen. Ein bisschen Zuschauen und sich was abgucken, das war allerdings nicht zu verachten.

Als ich abends im Bett lag, drängte sich mir die frustrierende Szene des Vormittags wieder auf. Und sosehr ich mich bemühte die Bilder zu verscheuchen, es gelang mir nicht. Immer und immer wieder sah ich Mona wie ein Model auf dem Laufsteg davonstolzieren, hocherhobenen Hauptes mit wiegenden Hüften. Das muss doch zu lernen sein, so zu gehen, dachte ich schließlich und ich fragte mich, ob es eventuell bei Mams Modenschau eine Möglichkeit dazu geben würde. Ich wühlte mich wieder aus dem Bett und taperte im Pyjama zum Schlafzimmer meiner Eltern hinüber. Mam schlief zurzeit alleine dort, weil Papa Sitzungswoche in Berlin hatte.

Ich sah noch Licht. Tatsächlich saß Mam im Bett, das Schreibbrett auf den Knien, und kritzelte Entwürfe für Werbeideen.

»Komm rein«, sagte sie, als sie mich vorsichtig die Tür öffnen hörte. »Du störst nicht. Wie findest du diesen Spruch: ›Mit Taxi Meier fährt sich's freier‹? Oder: ›Nach der Feier – ruf Taxi Meier‹? Ich dachte da an einen alkoholisierten Gast, dem ein Polizist mit Handschellen winkt. Davor steht dann das Taxi von Meier ...« Sie sah meinen skeptischen Blick. »Nicht gut? Na, ich bastel noch etwas dran. Ist für die Kinowerbung. Kann ich übrigens etwas für dich tun?«

»Äh, ja, ist aber eigentlich nicht so wichtig ...«

»Doch wohl so ganz unwichtig auch nicht, sonst würdest du nicht so spät noch zu mir kommen.«

»Stimmt«, gab ich zu. »Aber es ist eher, weil mir grade so ein paar Gedanken durch den Kopf gegangen sind. Diese Modenschau, für die du die Werbung machst, wie soll die eigentlich ablaufen? Laienmodels können doch nicht einfach so in Klamotten gestopft und über den Laufsteg gejagt werden.«

Mam kicherte bei diesem drastischen Bild. »Nein, natürlich nicht. Erst mal gibt es ein Casting, da werden die Talentiertesten ausgesucht. Und mit denen wird dann von einer Profi-Agentur eine schöne Choreografie für die Modenschau eingeübt. Mit Musik und allem, was dazugehört.«

Jetzt war ich aber doch ganz neugierig geworden.

»Was gehört denn dazu?«, fragte ich wissbegierig. »Auch wie man sich so als Model bewegt? Wie man stylish geht? So, dass einem alle Blicke folgen?«

Mam lachte. »Klar, das ist ja der Sinn der Übung. Jedes Model soll alle Blicke auf sich und die Sachen lenken, die es vorführt. Elegant den Laufsteg auf und ab zu spazieren dürfte also zu den Pflichtübungen gehören.«

»Groovy!«, entfuhr es mir und Mam sah mich verwundert an.

»Meinst du, dass es schwer ist, so was zu lernen?«

Mam zuckte die Schultern. »Keine Ahnung. Ein bisschen Talent gehört sicher dazu, ein gutes Körpergefühl, ein gesundes Selbstbewusstsein und etwas Musikalität sind wahrscheinlich auch nicht schlecht.«

Hm. Musikalisch war ich zwar nur in Grenzen, aber in Sport und Gymnastik war ich ganz gut. Nur mit dem Selbstbewusstsein, da haperte es etwas, seit diese Mona aufgetaucht war. Egal! Vielleicht konnte ein perfekter Gang das ja positiv beeinflussen.

»Meinst du, ich könnte das lernen?«

Mam schaltete sofort. »Aha, doch Interesse?«

»Also, wenn ich mich da bewerbe, dann nur wegen des persönlichkeitsbildenden Effektes.«

Mam war baff. »Weswegen bitte?«

»Na ja, nicht wegen diesem ganzen Modeschnickschnack, sondern wegen des positiven Einflusses auf mein Selbstbewusstsein. Also, weil ich mich getraut habe!«

»Aha«, sagte Mam. »So habe ich das noch gar nicht gesehen. Ich dachte eher, dass es für euch junge Mädchen ein bisschen Fun ist, zu angesagter Musik ein paar schicke Sachen zu tragen, die euch eure Eltern normalerweise nicht bezahlen können.«

Ich lachte. Ja, so war meine Mutter. Voll der Actiontyp. Fun haben! Na ja, eigentlich hatte sie ja Recht. Wenn ich lernte, so gepflegt wie Mona daherzuschreiten, und nach der Modenschau die Blicke der Typen auf dem Schulhof fesselte, dann wäre das auch für mich echt Fun. Meik wäre dann sicher schwer beeindruckt und würde sich um ein Date mit mir reißen. Ja, so könnte es laufen.

Bei der morgendlichen Toilette betrachtete ich mich besonders aufmerksam im Spiegel. War ich hübsch genug, um mich als Model zu bewerben? Hässlich war ich ja nicht. Zwar nicht besonders auffällig, aber das musste ja nicht unbedingt negativ sein. Immerhin hatte ich ja sehr schöne blonde Haare. Wie gut, dass ich nicht so viele Pickel hatte wie Franzi. Der sah man die Pubertät wirklich schon von weitem an. Manchmal sah sie aus wie ein Streuselkuchen. Ich staunte immer, wie gelassen sie das nahm. Ich hätte mich so gar nicht mehr unter Leute gewagt, sondern wäre ins Kloster geflüchtet.

Ich packte mich an den Frühstückstisch und machte mir einen Toast.

Als Mam sich mit einem fröhlichen Morgengruß dazusetzte, sah ich sie entschlossen an.

»Kannst mir ja mal so einen Anmeldebogen mitbringen, wenn es so weit ist«, sagte ich mit fester Stimme. »Vielleicht nehmen sie mich ja wirklich.«

In der Schule musste Franzi mein Problem mit Meik natürlich gleich brühwarm den anderen *Pepper Dollies* erzählen. Hatte ich sie dazu überhaupt autorisiert?

»Ach, stell dich nicht so an«, wiegelte sie meine Beschwerde ab. »Deine Sorgen sind auch unsere Sorgen!«

Und Greetje kicherte: »Hier werden Sie geholfen!«

»Warum bist du eigentlich so sicher, dass ausgerechnet er der Typ ist, der es wert ist?«, fragte Lea. »So toll sieht er doch nun auch nicht aus.«

Ich zuckte die Schultern. Weiß auch nicht, sollte das bedeuten. Irgendwie musste dieser kleine Bursche, der mit Pfeil und Bogen die Gegend unsicher macht, gerade in dem Augenblick an unserem Schulhof vorbeigeschwebt sein, als Meik krachend seinen Bücherstapel neben mir auf die Bank schmiss. Noch immer durchrieselte es mich heiß, wenn ich an den Blick dachte, der mich aus seinen blauen Augen getroffen hatte, als ich zu ihm hochsah. Und wenn ich an die Szene in der Bibliothek dachte, wurde mir schlicht ganz anders.

»Es ist, wie es ist«, sagte ich. »Amor hat mich voll abgeschossen!«

»Du liebes Bissje!«, stöhnte Greetje. »Dich hat es ja wirklich erwischt!«

»Und, was machen wir nun?«, drängte Franzi in ihrer realistischen Art auf eine konkrete Lösung meines Problems.

»Wie kommt Kiki an ihn ran?«

Schweigen.

»Könntest du ihn nicht um ein Date für mich bitten?«, schlug ich Franzi vor.

»Bin ich dein Liebesbote? Nee!«, kam prompt die Ablehnung.

»Es müsste irgendwo eine Fete stattfinden, dann könnte man ihn mitschleppen«, meinte Lea.

»Wenn er sich mitschleppen lässt. Auf Siebtklässler-Feten hat er bestimmt keinen Bock.«

»Er hat mich bestimmt schon wieder vergessen«, jammerte ich. »Er weiß ja nicht mal meinen Namen.«

»Alles keine guten Voraussetzungen«, sagte Lea und stimmte mich noch depressiver.

»Also gebe ich ihn auf«, seufzte ich. »Soll Mona ihn sich doch greifen. Ich habe eh null Chance.«

»Wir könnten ihn überfallen, fesseln und knebeln und an einen romantischeren Ort verschleppen«, schlug Franzi unernst vor, um meine trübe Stimmung etwas aufzuheitern. »Oder du appellierst an sein Mitleid. Klassensprecher haben naturgemäß eine soziale Ader. Schmeiß dich ihm vor die Füße, krieg 'nen Ohnmachtsanfall oder einen Heulkrampf, sink ihm einfach in die Arme und stottere irgendwas Unverständliches.

Dann schleppt er dich in den Saniraum und du hast ihn für dich alleine.«

Nun wurde es mir doch zu bunt.

»Mensch, Leute, das Leben ist keine Soap! Und ich bin alles andere als eine gute Schauspielerin. Ich würde einen Lachkrampf und keinen Heulkrampf kriegen.«

»Tja, dann, Mädchen«, sagte Franzi, »dann ist dir eben nicht zu helfen!«

Mit diesem zauberhaften Gefühl, der absoluten Unfähigkeit und Hilflosigkeit in Beziehungsdingen, kam ich zu Hause an. Als ich die Post aus dem Briefkasten nahm, war auch ein Brief für mich dabei. Irritiert starrte ich auf den Absender. Agentur Berger, Berlin? Sicher irgendeine blöde Werbung.

Ich schloss die Tür auf, begrüßte Schnuffel und legte die Post beiseite. Irgendwann, als ich am Telefon vorbeikam, fiel mir der Brief wieder ins Auge. Mit den Gedanken ganz woanders riss ich ihn auf. Unkonzentriert überflog ich die ersten Zeilen. Nein! Das war ja wohl nicht wahr! Ein Brief von der Modelagentur, von der die Modenschau im City-Center organisiert wurde! Die luden mich doch tatsächlich zum Casting ein. Ich dachte, ich werd nicht mehr! Das war ja der schiere Wahnsinn!! Ich stieß einen freudigen Juchzer aus und griff in Ermangelung eines anderen Lebewesens, das ich knuffeln konnte, zu Schnuffel und quetschte sie an mich, bis sie quiekte. Ich setzte sie ab und tanzte einmal durchs halbe Haus, wobei sie kläffend um mich herumsprang.

Was für ein Irrsinn. Ich, Kristina Siebert, war zu einem Model-Casting eingeladen. Na, Mama würde Augen machen.

Sie freute sich mächtig für mich, sagte aber nur cool: »Damit habe ich eigentlich fest gerechnet.«

Dieses Vertrauen erstaunte mich nun aber doch. Ob sie da ein wenig dran gedreht hatte? Jedenfalls bekam mein Selbstbewusstsein plötzlich ganz schön Auftrieb. Und als ich am Abend ins Bett plumpste, dachte ich optimistisch: »Wart's nur ab, Meiki! Ich krieg dich schon!«

Als ich am nächsten Morgen den *Pepper Dollies* von der Einladung zum Casting erzählte, hielten die mich allerdings für völlig übergeschnappt.

»Willst du jetzt so eine hohle Modezicke werden?«, kritisierte Franzi.

Und Lea meinte: »Werd aber bloß nicht größenwahnsinnig.«

Irgendwo konnte ich sie ja verstehen, denn mit Mode und Schminken und all diesem Schnickschnack hatte ich bisher genau wie meine Freundinnen nicht viel am Hut gehabt. Alles nur Fassade, war bisher meine Meinung dazu gewesen, der Mensch bestimmt sich durch seine inneren Werte. Nur schlecht, wenn die niemand wahrnahm! Vielleicht musste man da doch ein bisschen die Fassade polieren.

*Get the cool, get the cool shoeshine ...*, sang mir der grinsende Chinese aus einem Gorillaz-Hit ins Ohr, dessen Mutter meinte, dass man mit geputzten Schuhen einfach besser fuhr im Leben. Gut, die Schuhe allein machten es zwar heute nicht mehr, aber im Prinzip stimmte es wohl schon, denn die aufgemotzte Mona hatte uns ja ruck, zuck den Rang bei den Jungen abgelaufen. Da musste etwas geschehen und ich betrachtete es als eine Fügung des Schicksals, dass meine Mutter mich auf diese Modenschau aufmerksam gemacht hatte.

»Leute«, sagte ich, »meine Mutter hat mir den Tipp gegeben und ich finde, dass es bestimmt eine ganz aufregende Erfahrung ist. Immerhin bereiten echte Profis die Show vor. Bewerbt euch doch auch, dann haben wir zusammen Spaß!«

Meine Güte, konnten meine Freundinnen vielleicht albern kichern, aber für eine Bewerbung fehlte ihnen dann doch der Mut.

»Okay«, gaben sie mir schließlich ihren Segen. »Hauptsache, du mutierst nicht zu so einer hohlen Laufstegtussi!«

Da konnte ich sie beruhigen. »Natürlich nicht, betrachtet es als ein ... sagen wir mal, als ein soziologisches Experiment.«

Nun sperrten sie aber Augen und Münder auf, weil ich ihnen so hochwissenschaftlich kam.

»Na ja, ich denke, ich kann auf dem Laufsteg und hinter den Kulissen viel über die Menschen lernen.«

»Bestimmt«, sagte Franzi und fast schon hellsichtig fügte sie hinzu: »Und sicher auch 'ne Menge über dich.«

Endlich war der Tag des Castings da. »Meinst du wirklich, ich kann da hingehen?« Ich wusste nicht, zum wievielten Mal ich meiner Mutter diese Frage stellte. Wenn sie genervt war, so ließ sie es sich nicht anmerken.

Geduldig sagte sie: »Natürlich, du siehst doch wirklich nett aus. So, wie sich jede Mutter ihre dreizehnjährige Tochter wünscht. Wie das sprichwörtliche Mädchen von nebenan.«

Na, danke. Wenn das ein Kompliment sein sollte, dann kam das bei mir aber gar nicht cool. Wer will schon gerne das Mädchen von nebenan sein! Also, wenn ich schon bei einer Modenschau mitmachte, dann wollte ich schon lieber so was wie ein Shootingstar sein. Die unbekannte Schönheit aus der Provinz meinetwegen auch noch, aber das nette Mädchen aus der Nachbarschaft? Nee! Mam hatte wirklich manchmal seltsame Anwandlungen. Wenigstens mein Bruder baute mich etwas auf.

Als ich aus dem Bad kam, ließ er einen anerkennenden Grunzer hören, setzte seine Flasche Malzbier an den Mund und sagte nach einem kräftigen Schluck: »Klasse, da geht ja voll der Groove ab!«

Ich hatte zwar keine Vorstellung davon, was er damit genau meinte, denn der Fünftklässler-Slang war mir nicht so richtig vertraut, aber dass es ein Kompliment war, entnahm ich dem Enthusiasmus in seiner Stimme.

Er hatte wohl meinen unsicheren Blick gesehen, denn gönnerhaft fügte er noch hinzu: »Du machst das schon. Die lässt du doch alle alt aussehen!«

Ich konnte nicht anders, ich musste ihn einfach mal in den Arm nehmen. Er ließ die Knuddelei leicht widerwillig geschehen.

»Komm, beug dich mal runter«, sagte er dann. »Ich

spuck dir über die Schulter, dann kann nichts mehr schief gehen.«

Ich beugte mich gehorsam hinab und er, auf Zehenspitzen stehend, spuckte dreimal. »Toi, toi, toi!«

# Wer ist die Schönste im ganzen Land?

Aber Spucken allein brachte es heute offenbar nicht mehr. Oder ich gehörte einfach zu den Menschen, die das Chaos anzogen wie ein Blitzableiter den Blitz.

Eigentlich ist so ein Casting ja keine so große Sache. Aus den Bewerbungen werden die Leute herausgesucht, die einigermaßen gut aussehen und von denen man aufgrund eines gewissen Intelligenzquotienten annimmt, dass sie lernfähig sind. Da diese Faktoren meistens auf doppelt oder dreimal so viel Leute zutreffen, wie eigentlich gebraucht werden, bestellt man diese Leute zu einem Casting. Da kann die Auswahlkommission sie dann *live* kennen lernen und sehen, wie sie sich in der Öffentlichkeit bewegen. Die Besten werden dann von einer Jury ausgesucht und dürfen bei der Modenschau und beim Wettbewerb um die Prämien mitmachen.

So jedenfalls hatte Mam es mir beschrieben. Doch zwischen Theorie und Praxis liegen häufig Welten.

Ich saß schick angezogen und dezent geschminkt im Bus und las noch einmal nervös in dem Einladungsschreiben. Termin und Uhrzeit stimmten. Donnerstag 19.00 Uhr an der Freifläche des City-Centers.

Franzi hatte Klavierstunde, aber sie wollte danach gleich hinkommen. Na hoffentlich. Sie musste mir unbedingt die Hand halten, sonst würde ich vor Nervosität ausflippen und irgendetwas Irrsinniges und Autoaggressives wie Fingernägelkauen oder Unterlippenaufbeißen machen.

Beides würde mein Erscheinungsbild nicht gerade verbessern, sondern meine Chancen eher schmälern. Also war es ganz, ganz wichtig, dass Franzi kam.

Sie traf auch alsbald ein, aber es sollte mir nicht viel nützen.

Als ich im City-Center auflief, standen schon Unmengen schöner Menschen weiblichen und männlichen Geschlechts dort herum. Die konnten doch unmöglich alle zum Casting wollen? Wollten sie tatsächlich nicht. Genau wie ich hatten die meisten der potenziellen Models sich moralische Verstärkung in Form von Freunden, Verwandten und sogar von Mama und Papa mitgebracht, wobei Letzterer meist mit Videokamera oder Fotoapparat bewaffnet war.

Es dauerte etwas, bis ich Franzi in diesem Gewusel entdeckte. Kaum hatte ich erleichtert meine Hand in die ihre geschoben und sie beschworen, bis zum Ende des Castings an meiner Seite auszuharren, als eine Lautsprecherdurchsage ertönte.

Der Center-Manager selbst hatte zum Mikro gegriffen. Er war ein agiler Mittvierziger, eher vollschlank, mit ziemlich wenig Haaren auf dem Kopf, aber dezent und businesslike in Anzug mit Krawatte gekleidet.

»Meine sehr geehrten Damen und Herren, liebe Bewerberinnen und Bewerber, ich freue mich, dass Sie so zahlreich und in Begleitung ihrer Freunde und Verwandten unserer Einladung Folge geleistet haben.«

Beifall.

»Wir haben uns in diesem Jahr mit der Werbeagentur Siebert & Partner etwas ganz Besonderes für unsere jährliche Frühjahrs-und Sommermodenschau einfallen lassen. Diesmal wollen wir statt der Profimodels junge Menschen dieser Stadt einladen, unsere Mode zu präsentieren und an einem Modelwettbewerb teilzunehmen.«

Erneut Beifall.

»Dass diese Idee auf fruchtbaren Boden gefallen ist, zeigen über achthundert Bewerbungen aus unserer Stadt und der Region.«

Ein Raunen ging durch die Menge und auch Franzi und ich sahen uns an. Mehr als achthundert Bewerbungen! Mein lieber Scholli! Und mich hatten sie ausgewählt! Da kriegte ich ja echt Ehrfurcht vor mir.

Franzi offenbar auch, denn sie sagte anerkennend: »Da kannst du dir ja jetzt schon echt was drauf einbilden!«

Tat ich, tat ich ja bereits. Ich kicherte aber nur und winkte ab. Wer gilt schon gerne als eingebildet?

»Natürlich können nicht alle an dieser Modenschau mitwirken und wir mussten mit einer Jury schweren Herzens eine Auswahl treffen. Wirklich nicht leicht, bei so vielen gut aussehenden jungen Frauen und Männern. Allen sagen wir natürlich danke, auch wenn Sie diesmal nicht dabei sind. Danke, danke für Ihre Bewerbung. Und ein Applaus für den Mut, den Sie mit Ihrer Bewerbung bewiesen haben.«

Er begann animierend zu klatschen und die Menge klatschte ebenfalls. Es war wie beim Clubtanz auf Malle: »*Are you happy on vacation clap your hands ...*«

Endlich kam er zur Sache. »Sechzig Bewerberinnen und Bewerber haben wir heute Abend eingeladen, sich einer Jury zu stellen, die nun die endgültige Auswahl unserer Models treffen wird.«

Er ging hinüber zu einem Tisch, an dem ich die Jurymitglieder mehr vermutete als erkennen konnte, denn durch die sich drängenden Menschenmassen war die Sicht sehr eingeschränkt. Das Mikro machte die Runde und die Juroren stellten sich vor. Sie kamen aus den großen Bekleidungsgeschäften des City-Centers, der Parfümerie im ersten Stock, der Lokalpresse und einer bekannten Berliner Modelagentur. Ich konnte nur die Agenturfrau sehen und war schwer beeindruckt. Sie hatte knallrote Haare, war mindestens fünfzig, ziemlich beleibt und exquisit gekleidet. Nicht wie eine Geschäftsfrau, sondern eher wie eine Galeristin oder Theaterbesucherin. Außerdem war sie schwer mit Schmuck behängt. Aber obwohl manche Frauen in so einer Aufmachung eher wie eine Putzfrau ausgesehen hätten, die zum Ball der einsamen Herzen unterwegs war, wirkte sie total stylish.

»Sechzig Leute«, sagte ich zu Franzi. »Was meinst du, wie viel sie davon nehmen werden? Glaubst du, dass ich überhaupt eine Chance habe?«

Franzi blickte sich um. »Doch, ich denke schon. So viele Mädchen in deinem Alter scheinen gar nicht dabei zu sein. Die meisten sind doch mindestens achtzehn und älter.«

»In der Anzeige stand auch keine Altersangabe. Sicher haben die alle gedacht, dass es nur eine Modenschau für Erwachsene ist. Wenn meine Mutter es mir nicht gesagt hätte, wäre ich auch nicht auf die Idee gekommen.«

»Psst, sei mal still.« Franzi stieß mich an. »Was sagt der?«

»... ja, Sie haben richtig gehört. Ich weiß, es wird Ihnen allen schwer fallen, aber ich muss nun die Freunde und Verwandten bitten, das Gebäude zu verlassen. Wir möchten, dass unsere zukünftigen Models sich ganz unbeschwert unserer Jury präsentieren und zu viele fremde Augen wirken da vielleicht doch etwas hemmend. Drücken Sie zu Hause weiter die Daumen, aber verabschieden Sie sich jetzt bitte.«

Es erklang dezente Musik.

Ich klammerte mich an Franzis Hand. »Du darfst nicht weggehen. Nein, echt nicht. Ich stehe das nicht alleine durch.«

»Klar stehst du das durch«, versuchte Franzi mir Mut zu machen, aber ich kriegte grade mal wieder voll die Krise und war mir sicher, dass ich, sobald ich Franzis Hand loslassen würde, zu einem hässlichen, bewegungsunfähigen Entlein mutieren würde, das allenfalls über den Laufsteg watscheln, aber nicht elegant schreiten konnte.

»Ich bin verloren, wenn du gehst!«, stöhnte ich auf.

Nun wurde es Franzi aber doch zu bunt, denn wenn sie etwas hasste, waren es meine gelegentlichen übersteigerten Anwandlungen von Minderwertigkeitsgefühl. »Jetzt hör aber auf, dir schon wieder Komplexe einzureden«, schnauzte sie mich ungehalten an. »Die anderen schaffen es auch alleine. Warum solltest ausgerechnet du einen Babysitter brauchen!«

Das saß und ich riss mich ein bisschen am Riemen. Der Abschied von Franzi fiel mir dann doch nicht so schwer, weil ich auf einer der oberen Galerien des Treppenhauses eine bekannte Gestalt entdeckt hatte. Meine Mutter mit ein paar Leuten der Werbeagentur. Sie schien von dort das Geschehen beobachten zu wollen. Auch wenn sie meine Hand nicht halten konnte, so war doch ihre bloße Anwesenheit moralische Unterstützung genug, um mir die Trennung von Franzi möglich zu machen.

Die nahm mich noch einmal in den Arm, dann drückte sie mir einen kleinen Kuschelbären in die Hand. »Den soll ich dir von den *Pepper Dollies* geben. Sie wünschen dir alle Glück und drücken heute Abend die Daumen für dich.«

Ich war gerührt.

Dann waren alle Freunde und Verwandten weg und der Center-Manager forderte uns auf, Platz zu nehmen.

Links und rechts von einem schräg durch die Halle verlaufenden, provisorischen Laufsteg standen mehrere Stuhlreihen, auf die sich sofort alle quetschten. Allerdings reichten sie nicht aus und weil ich keine Lust hatte, mich womöglich noch mit irgendwem um einen Sitzplatz zu streiten, blieb ich mit einigen anderen Mädchen und ein paar verloren wirkenden Jungmännern hinter den Stuhlreihen stehen.

Wenn das Modeln eine Frage des Mutes war, dann waren wir Mädchen offenbar eindeutig das tapferere

Geschlecht! Die männlichen Bewerber konnte man jedenfalls an wenigen Fingern abzählen und besonders toll sahen die auch nicht gerade aus. Meik hätte sich mal bewerben sollen, dachte ich innerlich kichernd. Der hatte voll die gute Ausstrahlung.

»Wir werden Sie jetzt dem Alphabet entsprechend der Reihe nach aufrufen und Sie bitten, sich kurz vorzustellen und einige Schritte für uns auf dem Laufsteg zu gehen. Wenn alle durch sind, wird die Jury ihr Urteil bekannt geben. Gehen Sie davon aus, dass etwa fünfzehn von Ihnen die Chance erhalten, bei unserer großen City-Center-Modenschau mitzulaufen. Ihnen allen viel Glück, dass Sie am Ende dabei sind.«

Ich klatschte noch routinemäßig, als mein Blick an einem dunklen Haarschopf hängen blieb. Das Mädchen, zu dem er gehörte, konnte ich nur von hinten sehen, denn es stand auf der gegenüberliegenden Seite mit dem Rücken zu mir. Irgendwie hatte ich das Gefühl, dass ich sie irgendwoher kannte. Plötzlich drehte sie sich um und der Strahl der Erkenntnis durchzuckte mich.

Himmel! Das gab es doch nicht, das war ja meine Freundin Debbie aus der Grundschule. Die sah ja vielleicht toll aus!

Drei Jahre hatte ich sie nicht mehr gesehen, weil es uns auf verschiedene Schulen verschlagen hatte und ich auch noch in einen anderen Stadtteil umgezogen war. Das war ja super, dass ich sie ausgerechnet hier wieder traf. Ich begann sofort, mich auf die andere Seite zu ihr durchzudrängeln. So begeistert über meine Entdeckung hatte ich den Beginn des Castings nur ganz am Rande mitbekommen. Die ersten Bewerberinnen stotterten ein bisschen herum und eine hatte wohl vor Aufregung sogar ihren Namen vergessen. Dann wurde es allmählich besser und die Model-Anwärter und -Anwärterinnen wurden lockerer. Zu meinem Erstaunen hörte ich, während ich mich weiter zu Debbie durcharbeitete, dass einige sogar schon Modelerfahrung hatten oder bei Schönheitswettbewerben Rangplätze belegt hatten. Na, sollten sie ruhig. Für mich war jetzt erst mal das Wiedersehen mit Debbie wichtig.

Endlich hatte ich sie erreicht. Sie kehrte mir wieder den Rücken zu. Leise schlich ich mich ran und legte ihr von hinten die Hände über die Augen. Sie stieß, bevor ich noch Kuckuck sagen konnte, einen gellenden Schrei aus und fuhr herum. Ich riss die Hände zurück. Mein Gott, was war das Mädchen schreckhaft. Aber da fiel mir plötzlich wieder ein, dass Debbie eine Phobie gegen das Blindekuh-Spiel gehabt hatte. Zu spät. Die Vorstellung auf dem Laufsteg stockte und alle starrten uns an. Erde, tu dich auf!

»Kiki«, kreischte Debbie nun auch noch, weil sie mich erkannt hatte, und machte damit die Peinlichkeit noch größer für mich, denn nun war auch noch mein Name als der eines Störenfrieds aktenkundig. Na, die würden einen Teufel tun und mich bei ihrer Modenschau mitmachen lassen, wenn ich schon jetzt so negativ auffiel.

Wenigstens machte der Center-Manager nach einer kleinen Ewigkeit des betretenen Schweigens eine launige Bemerkung und das Casting ging weiter.

Ich zerrte Debbie hinter eine Stellwand mit einem fetten Werbeplakat von Mams Agentur. Da nahmen wir uns trotz des Stresses erst mal in die Arme und gaben uns ein paar Küsschen wie in alten Zeiten.

Natürlich fand sie es genauso riesig wie ich, dass wir beide zu dem Casting eingeladen worden waren, und weil wir das für eine absolut gute Fügung des Schicksals hielten, nahmen wir uns vor, das Casting zu gewinnen und auf jeden Fall zusammen bei der Modenschau mitzumachen.

»Das wird supi«, flüsterte ich ihr zu. »Du und ich, wir waren doch immer ein starkes Team!«

Das Leben ist ein gleichmäßiger Strom. Irgendein Philosoph soll das gesagt haben. Vermutlich kannte er das Leben überhaupt nicht, weil er in irgendeiner Höhle oder Tonne oder auf einer menschenleeren Insel hauste und nichts weiter tat, als mit sich selbst Zwiesprache zu halten. Wie auch immer, jedenfalls kannte er mein Leben nicht, sonst wäre ihm dieser Ausspruch nie entschlüpft. Wenn mein Leben überhaupt irgendeine Ähnlichkeit mit einem Gewässer hatte, dann allenfalls mit einem Gebirgsbach, der sich über reißende Stromschnellen ins Tal stürzte.

Ich empfand dies wieder einmal besonders deutlich, als ich mit Debbie hinter der Stellwand hervortrat und meine Aufmerksamkeit wieder auf den Laufsteg richtete. Zwar war ich noch längst nicht dran, weil ich im Alphabet ziemlich hinten stand, aber jetzt, wo wir gemeinsam in die Auswahl kommen wollten, sah ich die Konkurrenz mit sehr viel mehr Interesse an.

Soeben stellte sich eine Siebzehnjährige mit brünetten, irgendwie seltsam gelockten Haaren vor. Sie wirkte ansonsten eher farblos und hatte einen ziemlich dicken Hintern. Es verblüffte mich dann zu hören, dass sie schon einmal das »Gesicht des Monats« einer Jugendzeitschrift gewesen war und sogar »Miss-Morning-Queen« bei einem Fernsehsender. Die hatten wohl nicht so genau hingesehen.

»Sag mal, machen die da nicht auch Bikinifilme?«, fragte ich Debbie.

Sie nickte.

Na danke, dachte ich, mit so einem Hintern würde ich mich nicht im Badeanzug zeigen. Und vom Po mal abgesehen, ich würde das schon aus Prinzip nicht machen.

Gerade hatte ein blondes Pferd den Laufsteg betreten und auch als das Mädchen den Mund aufmachte, um sich vorzustellen, fühlte ich mich an einen Heu kauenden Gaul erinnert, so auffällig mahlte die mit dem Unterkiefer. Ihre Bewegungen waren merkwürdig kantig, was offenbar an ihrem eher grobschlächtigen Körperbau lag. Sie war mindestens einen Meter neunzig groß und ich konnte mir nicht vorstellen, dass die Boutiquen im City-Center die passende Konfektionsgröße für sie hatten.

»Die werden sie doch wohl nicht nehmen«, zischelte ich Debbie zu.

»Nee«, erwiderte sie kopfschüttelnd, um dann mit einem kurzen Kopfnicken zum Laufsteg zu deuten und anerkennend zu sagen: »Aber die da schon.«

Ich sah immer noch dem Pferd hinterher, weil die Person mich irgendwie faszinierte, aber nun folgte ich Debbies Blick. Unwillkürlich griff ich nach ihrem Arm, um nicht in Ohnmacht zu fallen.

Vor uns auf dem Laufsteg, mit sicherem Schritt und wiegenden Hüften, spazierte keine andere als Mona selbstbewusst und mit strahlendem Lächeln auf den Tisch der Jury zu.

Lass sie mit dem Fuß umknicken oder vom Laufsteg fallen, flehte ich mit bebendem Herzen das Schicksal an. Egal was, nur mach irgendetwas, was verhindert, dass sie an der Modenschau teilnehmen kann.

Denn dass die Jury sie auswählen würde, war so sicher wie das Amen in der Kirche.

»Mein Name ist Mona Martens«, sagte sie wie eine langjährige Profiansagerin ins Mikro. »Ich bin dreizehn Jahre alt und würde mich freuen, wenn ich an der Modenschau teilnehmen könnte. Ich habe Ballettunterricht und liebe Musik, darum glaube ich, dass ich keine Schwierigkeiten haben werde, die Choreografie einzustudieren. Außerdem arbeite ich gerne im Team und bin ein verträglicher Mensch.«

Ich liebe Musik!!! Tzzzzz. Hatte sie nicht behauptet, sie sei total unmusikalisch und müsse deswegen in die Kunst-AG? Ein verträglicher Mensch? Hinterlistige Schlange!!!

»Wo ist das Klo, Debbie?«, flüsterte ich. »Ich glaube, ich muss speien!«

Debbie sah mich besorgt an. »Ist dir schlecht?«

»Dir nicht?«

»Nee, wieso?«

Ich überlegte, ob ich sie in die wahren Zusammenhänge einweihen sollte, beschloss dann aber noch zu warten. Sollten wir beide wirklich ausgewählt werden, war immer noch Zeit dazu.

Aber so, wie die Dinge standen, würden sie wahrscheinlich nur ein einziges Mädchen in unserem Alter brauchen und ihre Entscheidung war bereits für Mona gefallen, bevor wir überhaupt auf den Laufsteg gekrochen waren.

»Meinst du, die nehmen außer Mona überhaupt noch Teenies?«, fragte ich daher total pessimistisch.

»Klar, drei oder vier für eine Gruppe müssen es schon sein, sonst können sie doch kaum was vorführen.«

Da ich eigentlich gar keine Ahnung hatte, wie die Modenschau überhaupt ablaufen sollte, versuchte ich mich am Riemen zu reißen und machte auf Zweckoptimismus.

Und als nach vier anderen Mädchen, die auch alle gar nicht schlecht waren, Monas Auftritt allmählich vor meinem inneren Auge verblasste, begann ich uns langsam auch wieder eine Chance zu geben. Wir waren ja schließlich ganz andere Typen. Musik liebte ich auch und ob meine Jazztanzgruppe nicht besser ankam als ihr Ballett, das wollten wir doch erst mal sehen.

So war mein Selbstbewusstsein einigermaßen stabilisiert, als mein Name aufgerufen wurde.

Ich war froh, dass ich nicht den engen Rock, sondern eine bequeme Hose und ein Top angezogen hatte. Darin fühlte ich mich wohl und in den sportlichen Schuhen brach ich mir wenigstens nicht gleich die Haxen, wie es einige meiner Mitbewerberinnen bereits beim Aufstieg auf den Laufsteg versucht hatten.

Als ich die Stufen hochstieg, fiel mein Blick auf Mona. Einen Augenblick war ich irritiert. Sie hatte mir doch nicht echt zugelächelt?! Das war ja wohl der Gipfel der Arroganz. Plötzlich wurde ich absolut cool. Na warte, Mädchen, dachte ich, dir wird das Lächeln noch vergehen. Ich schob eine Hand lässig in die Hosentasche und schritt – im Geiste einen Song aus den Charts vor mich hin summend – in Richtung Jurytisch. Dort machte ich eine Drehung, wie ich sie in der Jazztanzgruppe einige Dutzend Mal geübt hatte, lächelte mein strahlendstes Zahnpastalächeln, ging wieder einige Schritte zurück, vollführte noch einmal die gleiche Drehung und blieb lächelnd vor dem Mikro stehen. Ich nahm es genau wie Mona aus dem Ständer, weil das cool kam, und führte es lässig zum Mund.

Ja, und dann passierte es: Ich wusste nicht mehr, was ich sagen sollte. Ich hatte einen totalen Hänger. Vor all den Leuten, die mich anstarrten!

Das gibt's doch nicht wirklich, dachte ich, das hat sich irgendein Komiker ausgedacht, der schwachsinnige Sitcoms macht. So was passiert doch nicht im wirklichen Leben! Plätscher, plätscher! Von wegen ruhiger Strom. Wieder mal peitschte mein Lebensgewässer über eine Stromschnelle, die alles verwirbelte und es in schäumende Gischt aufquirlte.

Hilfe suchend warf ich einen Blick nach oben und der fiel – auf ein vertrautes Gesicht.

Mam! Himmel, die hatte ich ja ganz vergessen. Da stand sie mit ihrem ganzen Team oben auf der Galerie. Die durfte ich doch nicht so blamieren. Was tat sie denn jetzt? Sie hob die Hand mit gestrecktem Daumen hoch und alle Leute, die um sie herumstanden, taten es ihr nach.

Ich hatte plötzlich das glückliche Gefühl, dass die auf

mich bauten, dass die fest mit meinem Erfolg rechneten und im selben Moment fand ich auch meine Sprache wieder.

»Entschuldigung«, sagte ich und wurde wohl ein bisschen rot. »Wenn man hier oben steht, verschlägt es einem doch irgendwie die Sprache. Aber wenigstens habe ich meinen Namen nicht vergessen.«

Bei dieser Anspielung auf einige meiner Vorgängerinnen erntete ich Gelächter und auch einige Juroren schmunzelten.

»Ich heiße Kristina, bin dreizehn Jahre und fühle mich auch so.«

Wieder Gelächter.

»Ich hab noch nie bei einer Modenschau mitgemacht und hab also auch gar keine Ahnung, was da so abgeht. Aber irgendwie stelle ich es mir ganz lustig vor. Auch wegen der Musik. Ich mach nämlich leidenschaftlich gerne Jazztanz.«

Ich lächelte zum Jurytisch rüber, weil mir langsam wieder die Worte ausgingen. Eigentlich hatte ich auch genug gesagt. Ich sollte Mode vorführen und keine Opern quatschen.

Also entschloss ich mich zu einem raschen Schluss-Statement. »Tja, meine Mam meint, ich wirke wie das nette Mädchen von nebenan. Falls Sie was in der Richtung suchen, dann sollten Sie mich vielleicht nehmen.«

Ach du Schreck, das war wohl mal wieder danebengegangen. Wie konnte ich denn so einen Blödsinn verzapfen? Daran war nur Mams albernes Gerede schuld. Andererseits, vielleicht war es ja genau das, was sie haben wollten. Also stopfte ich das Mikro wieder in seinen

Halter, lächelte noch einmal, gewinnend, wie ich meinte, zur Jury rüber und schlenderte dann zum Treppchen zurück. Dort drehte ich mich aber doch noch einmal neugierig um, weil ich sehen wollte, wie die Jurymitglieder auf meinen Abgang reagierten. Sie sahen mir alle noch nach und als ich lächelte, begannen sie zu applaudieren.

Das hatten sie bei allen anderen Bewerberinnen zwar auch getan, aber ich bildete mir ein, dass der Beifall irgendwie etwas herzlicher ausgefallen war.

Das hatte Debbie wohl auch empfunden, denn sie strahlte. »Toll«, sagte sie begeistert. »Du warst einfach super. Das glaubt kein Mensch, dass du noch nie auf einem Laufsteg gestanden hast. Die Jury hast du im Sturm erobert. Wenn dic dich nicht nehmen, dann weiß ich nicht, wen die suchen!«

Sie nahmen mich. Und sie nahmen Debbie. Sie nahmen genau zwölf weibliche und zwei männliche Models. Und natürlich nahmen sie Mona. Grrr!

Klar, dass Mam völlig aus dem Häuschen war und mein Bruder ebenfalls. Als sie nach dem offiziellen Ende des Castings und der Verlesung der ausgewählten Bewerberinnen und Bewerber die Rolltreppe herunterkamen, preschte der Keks wie ein Irrwisch auf mich zu. Er umarmte und knutschte mich, dass mir angst und bange wurde.

»Du bist toll, Kiki, super, supi, endgeil ...« Er überschlug sich fast beim Lobhudeln. Hätte nie gedacht, dass er so innigen Anteil an meinem Schicksal nehmen und sich so total über meinen Erfolg freuen würde.

»Stopp, stopp!«, musste ich ihn dennoch abwehren,

denn ich wollte mich wenigstens anständig von Debbie verabschieden, ohne deren aufmunternde Nähe ich die Sache bestimmt vergeigt hätte.

»Und wenn wir dann die Einladung kriegen zum Einstudieren der Choreografie, dann telefonieren wir und treffen uns vorher zum Eisessen.«

Wir tauschten noch rasch unsere Handynummern aus und dann lief Debbie zu ihren Eltern, die anscheinend die ganze Zeit vor dem City-Center auf sie gewartet hatten. Die waren vielleicht stolz auf ihre Tochter.

Na ja, Mam und der Keks waren auch ziemlich aufgedreht und so war es ganz okay, dass wir zusammen noch zum Mexikaner fuhren und Chickenwings aßen. Damit war der Tag für meinen Bruder nun absolut zum Vier-Sterne-Tag geworden.

Die Sterneklassifizierung war seine neueste Marotte. Er hatte sie vom letzten Mallorca-Urlaub mitgebracht und er übertrug sie von der Hotelbewertung auf alles Mögliche. Drei-Sterne-Eiskrem – ziemlich lecker, Zwei-Sterne-Lehrer – ziemlich mies, Fünf-Sterne-Kinofilm – affengeil und Ein-Sterne-Schwester – voll bescheuert! War alles schon vorgekommen.

Aber wie gesagt, der Tag meines Castings war ein richtig toller Vier-Sterne-Tag geworden und ich konnte mich, als ich genüsslich an den Hühnerflügeln knabberte, diesem Urteil inhaltlich voll anschließen.

Ich merkte es an der Reisetasche und dem im Flur abgestellten Laptop. Papa war da.

»Was verschlägt dich denn mitten in der Woche zu uns?«, fragte ich erstaunt. »Keine Sitzungen?«

Er nahm mich kurz und freundschaftlich in den Arm. »Wahlkampf! Du weißt doch, die Kommunalwahl. Da muss ich mich mal im Wahlkreis sehen lassen und die örtlichen Kandidaten ein bisschen bundespolitisch unterstützen.«

»Och«, murrte der Keks enttäuscht. »Dann bist du ja nur dienstlich hier. Und ich dachte, ich hab auch mal was von dir.«

Er kam nicht immer damit zurecht, dass Papa oft wochenlang nicht zu Hause war und er nur über Handy und Internet mit ihm kommunizieren konnte. Zusammen Fußball spielen ließ sich so nämlich leider nicht, was die Väter seiner Freunde mit ihren Söhnen fast jeden Tag am Feierabend taten. Papa hatte deswegen auch ein immens schlechtes Gewissen und darum machte er auch gleich ein Angebot.

»Also, für ein Fußballspiel auf der Bezirkssportanlage wird schon Zeit sein.«

Aber der Keks blieb skeptisch. Zu oft waren Papas Versprechungen und Planungen durch kurzfristige und dringende Termine ins Wasser gefallen.

»Ich glaub's erst, wenn wir mit dem Ball unterm Arm losgehen«, sagte er.

Mam sprang Papa bei. »Es wird schon klappen.«

Sie wühlte im Kühlschrank herum und zauberte für Papa schnell noch einen späten Imbiss auf den Tisch.

Papa, der, nebenbei gesagt, ziemlich dunkle Ränder unter den Augen hatte und erschöpft aussah, machte sich mit sichtlichem Behagen darüber her.

Natürlich musste ich ihm sofort von meinem Casting erzählen. Aber statt mit der erwarteten Begeisterung, kam er mir mit Bedenken, und als er hörte, dass Mam die Sache angeschoben hatte, war er sogar richtig sauer.

»Wie kannst du das Kind zu so etwas verleiten!«, kritisierte er.

»Ich möchte nicht, dass sich meine Tochter öffentlich zur Schau stellt.«

Wie bitte? Das war ja wohl ein Argument aus der Mottenkiste. Meine Überreaktion war deshalb wohl nicht verwunderlich. »Was soll das denn heißen?! Du stellst dich als Politiker doch auch ständig öffentlich zur Schau. Was ist denn deine Wahlkampfveranstaltung anderes?«

»Das ist gar nicht zu vergleichen. Ich bin kein hübsches junges Mädchen. An mir kleben keine lüsternen Männerblicke.«

Jetzt ging es ihm aber wirklich nicht mehr gut! Ich wollte auf den Laufsteg, nicht auf den Strich! Die Empörung ließ mich lauter werden. »Na, jetzt komm aber mal wieder runter! Das Modenschaupublikum besteht doch nicht aus Lustmolchen!«

Mam mischte sich ein. »Bitte nicht diesen Ton, Kristina!«, ermahnte sie mich, obwohl sie mir inhaltlich sicher zustimmte.

Wenn sie Kristina sagte, wurde es ernst.

»Ich möchte nicht, dass du mit deinem Vater wie mit einem deiner Schulhofkumpels sprichst. Er ist eine Respektsperson.«

Huch, heute gruben aber beide ganz schön in der erzieherischen Mottenkiste herum. Respektsperson!

Tzzzz. Jetzt noch schnell die autoritäre Rute herausgezogen und ein bisschen drohend damit gewedelt! Mensch, Leute, dachte ich, das habt ihr doch gar nicht nötig. Eure Kinder sind doch ziemlich gut geraten.

Aber Mam war, was gute Umgangsformen anging, etwas konservativ und gegen respektlose und unanständige Redewendungen war sie erstaunlich allergisch.

»Wenn ihr euch untereinander so unterhaltet, okay. Aber in diesem Haus wird eine Sprache gepflegt, die dem Gesprächspartner Achtung entgegenbringt.«

Natürlich entspann sich nun erst mal eine Debatte über den Sinn und Unsinn von Modenschauen, über den Moderummel überhaupt und den schlechten Einfluss einer solchen Veranstaltung auf mein unverbildetes Mädchengemüt.

»Da werden Kristina doch nur Flausen in den Kopf gesetzt und völlig unrealistische Träume von einer Laufstegkarriere geweckt.«

»Aber, Papa«, versuchte ich ihn zu beruhigen, »es ist doch nur ein harmloser Spaß. Eine coole Erfahrung. Wie hat Opa immer gesagt: Man muss oft etwas Tolles unternehmen, um nur wieder eine Zeit lang leben zu können. Das war doch auch immer deine Devise.«

Mam schmunzelte, der Keks grinste frech und Papa war in die Enge gedrängt.

»Ja sicher, natürlich sollst du ab und zu mal eine außergewöhnliche Erfahrung machen. Aber muss es ausgerechnet dieser Modezirkus sein?«

Er schien wohl allmählich zu resignieren und sich in das offenbar Unabänderliche zu fügen.

»Wenn das nächste Mal solche Dinge entschieden

werden, möchte ich aber gefragt werden«, sagte er immer noch vermuffelt.

»Ja, klar, hätten wir ja auch gemacht, aber du warst ja fast nie zu erreichen«, lenkte ich ein.

Dabei dachte ich allerdings, dass er uns ja schließlich auch nicht gefragt hatte, als er seinen Managerjob aufgegeben hatte und in die Politik gegangen war. Was kümmerte es ihn, ob wir es so toll fanden, dass unser Vater in der ganzen Stadt von Wahlplakaten grinste. Er wurde ja nicht ständig deswegen in der Schule angemacht. Und er hatte ja nicht erleben müssen, dass der Keks in einer Pause völlig verheult zu mir gerannt kam, weil ein Junge aus der Parallelklasse gesagt hatte, Papa sei schuld, dass die Stadt pleite sei, die Schule nicht genug Lehrer hätte und unsere Klassen nicht gestrichen werden könnten.

»Quatsch«, hatte ich versucht ihn zu trösten, »Papa hat mit der Stadt gar nichts zu tun, der macht doch Bundespolitik.«

Aber ich glaube, der Keks hatte den Unterschied noch gar nicht kapieren können, und so hatte es wohl auch wenig geholfen. Wahlkampfzeiten waren für Politikerkinder echt die Härte.

Vorm Einschlafen musste ich dann unbedingt noch einmal Franzi anrufen.

»Geht's dir noch gut«, stöhnte sie verschlafen. »Es ist Mitternacht und morgen ist Schule!«

»Oh, entschuldige, ich hab gar nicht auf die Uhr gesehen. Du glaubst ja gar nicht, wie aufregend das heute alles noch war...«

»Hmmm.« Sie ließ sich nicht richtig mitreißen.

»Stell dir vor, sie haben mich wirklich genommen!«

»Na, herzlichen Glückwunsch, kann ich jetzt weiterschlafen?«

Ein bisschen mehr Begeisterung hatte ich von meiner besten Freundin eigentlich schon erwartet. Nachdem sie leider vorzeitig weggeschickt worden war, musste sie doch eigentlich unheimlich scharf auf meinen Bericht sein.

»Bin ich ja«, antwortete sie auf meine Beschwerde, »aber ich hab halt schon geschlafen. Erzähl es mir morgen ausführlich bei einem Milchkaffee, ja?«

Das befriedigte mein momentanes Mitteilungsbedürfnis zwar nicht hinreichend, war aber wohl ein vernünftiger Vorschlag.

»Okay«, stimmte ich zu, »aber du behältst es für dich, nicht dass die *Pepper Dollies* es gleich in der ganzen Schule verbreiten.«

Sie versprach hoch und heilig tiefste Verschwiegenheit und begab sich mit einem Gähnen erneut zur Ruhe.

Da sich allmählich auch bei mir die Anspannung legte, tat ich es ihr nach.

Als ich das Licht löschte und die Augen schloss, galt mein letzter Gedanke Meik. Der würde staunen, wenn ich demnächst so richtig modelmäßig über den Schulhof schritt. Noch mal würde der mich nicht bei seinen Kumpels verleugnen!

Wirklich ärgerlich, dass Mona auch bei der Modenschau mitmachte, aber ich nahm mir fest vor, mir von ihr weder dort noch bei Meik den Rang ablaufen zu lassen. Auf keinen Fall!

# Kiki hat die Faxe(n) dicke

Ich hatte mich wohl gestern angesichts des bevorstehenden Castings nicht so richtig auf die Hausaufgaben konzentriert und auch am Morgen in der Deutschstunde schweiften meine Gedanken schnell wieder zur Modenschau und zu Meik ab, was sich sogleich rächen sollte.

»Bitte die Hausaufgaben auf den Tisch!«, kommandierte Wölfchen und schritt kontrollierend durch die Reihen.

Plötzlich stand er hinter mir. Er warf einen Blick auf die Doppelseite meines Heftes. Dann sagte er unwirsch: »Und? Wo ist das Problem?«

Aus meinen Gedanken an Meik aufgeschreckt fragte ich orientierungslos: »Wie Problem? Ich hab kein Problem. Jedenfalls keins, was Sie lösen könnten.«

Gewieher von den Jungenbänken.

»So, Hausaufgaben nicht vollständig und dann auch noch frech? Das gibt Punktabzüge.«

Verstimmt suchte er sich das nächste Opfer.

Ich verstand gar nichts mehr.

»Was hat er denn?«, zischelte ich zu Franzi rüber. »Er kann sich doch freuen, wenn ich keine Probleme habe.«

Franzi grinste. »Mensch, wir sollten am Ende der Zusammenfassung einen kurzen Problemaufriss zu der Geschichte machen. Danach hat er gefragt. Nicht, ob *du* ein Problem hast.«

Och, das war ja wohl eine freudsche Fehlleistung gewesen – offenbar hatte ich so viel Stress, dass ich vor lauter Problemen dies spezielle Problem übersehen hatte.

»Meinst du, ich kriege jetzt eine schlechte Note?«, fragte ich Franzi besorgt in der kleinen Pause. Denn immerhin war Deutsch eines meiner wenigen Highlights im Zeugnis.

»Wird schon nicht so schlimm sein. Musst halt in der nächsten Zeit deine Aufgaben immer ordentlich machen. Dann ist das wieder ausgebügelt.«

In der nächsten Stunde hatten wir Erdkunde und ich war mir ziemlich sicher, dass Wölfchen mir nun erst recht auf den Zahn fühlen würde. Leider war mir Erdkunde in all den Schuljahren immer ein Fach mit sieben Siegeln geblieben.

Was meinen Globus anbetraf, so war er voller weißer Flecken – unentdecktes Terrain noch und nöcher. Leider nahm Wölfchen darauf heute überhaupt keine Rücksicht.

»In Zeiten der Globalisierung wird es zunehmend wichtiger, dass ihr euch nicht nur vor eurer Haustüre, sondern auch in der Welt auskennt. Kristina, du glückliches Mädchen ohne Probleme, könntest du mir bitte die Hauptstadt von Malaysia nennen?«

Mir war der leicht süffisante Unterton seiner Frage nicht entgangen und ich hätte ihm nur zu gerne die passende Antwort gegeben, aber unglücklicherweise gehörte auch Malaysia zu den eben erwähnten weißen Flecken auf meiner Weltkugel. Hä?

Ich starrte Hilfe suchend zu Greetje, die in Erdkunde ein Ass war. Sie formte auch mit ihren Lippen ein Wort, aber da ich wirklich gar keinen Schimmer hatte und auch keine Taubstummensprache beherrschte, brachte mir das nichts.

»Nun? Ich warte!«

Wölfchen wurde ungeduldig und einige Knaben kicherten.

Ich weiß auch nicht, was mich dann ritt. Vermutlich hatte mich einfach das überhebliche Grinsen von Mona genervt, jedenfalls verspürte ich den Zwang, unbedingt etwas sagen zu müssen, etwas, was mich nicht als total doof dastehen ließ, und so rutschte es mir ganz spontan heraus: »Könnten Sie vielleicht vier Antworten vorgeben oder kann ich den Publikumsjoker einsetzen?«

Das Gelächter nach dieser Quizshow-Einlage war unbeschreiblich und selbst über Wölfchens Gesicht huschte der Schein eines Lächelns. Na bitte, hatte ich mich doch prima aus der Affäre gezogen. Dachte ich wenigstens.

»Na gut, dann wollen wir mal das Publikum befragen.« Wölfchen ging auf das Spiel ein. »Wer weiß die Antwort?«

Ich hätte sie würgen können, als Mona sich meldete.

»Kuala Lumpur«, sagte sie in äußerst lässigem Tonfall. »Reine Jokerverschwendung. Das war doch höchstens eine Zweitausend-Mark-Frage.«

Nun hatte sie die Lacher auf ihrer Seite und weil sie auch noch die richtige Antwort wusste, lachte auch Wölfchen offen mit. Die Angeschmierte war wieder mal ich. Grrr!

Nicht nur wegen dieser dummen Sache war ich froh, als die Schule endlich aus war. Ich war hundemüde und hatte die Faxen allmählich dicke. Als dann auch noch unser Geschichtslehrer Birkenstock meinte, mein Vater sei doch Politiker, da wüsste ich doch bestimmt, welche Aufgaben in Deutschland der Bundestag hat, da war das Maß einfach voll.

»Mein Vater sitzt im Bundestag, nicht ich!«, sagte ich pampig. »Sicher kann er der Klasse dazu was erzählen.« Und in einer Anwandlung von Schwachsinn fügte ich hinzu: »Sprechen Sie ihn doch mal an.«

Aber mein Sarkasmus fiel auf mich zurück.

»Das ist eine fabelhafte Idee!« Birkenstock sprang fast vor Entzücken aus seinen Gesundheitslatschen. »Das wäre natürlich eine ganz tolle Sache und eine wirkliche Bereicherung unseres Unterrichts. Könntest du ihn mal fragen?«

NEINNNNN! Ich hätte schreien können. Meiner Meinung nach hatte mein Vater nichts, aber auch gar nichts in meiner Schule und schon überhaupt nichts in meiner Klasse verloren. Der würde mich doch nur peinlich machen.

»Äh, ja, klar, natürlich ...«, stotterte ich deshalb rum. »Ich kann ihn fragen, aber er hat ganz viele Termine, wegen des Wahlkampfs.«

Und ich hoffte inständig, dass er wirklich absagen

musste. Das fehlte mir noch, nach Monas blöden Bemerkungen nun auch noch blöde Sprüche über meinen Vater.

Im Bus fragte ich mich, wo Meik wohl abgeblieben war, denn sosehr ich mir in der großen Pause auch den Hals verrenkt hatte, er war nirgends zu sehen gewesen. Hm, der Sache würde ich mal auf den Grund gehen müssen. Nicht, dass mir der Knabe doch noch durch die Finger flutschte und mit Mona was anfing!
Wenn ich gehofft hatte, mich nun zu Hause entspannen und bis zum Milchkaffee mit Franzi ganz den Gedanken an Meik hingeben zu können, so sah ich mich gewaltig getäuscht. Statt Ruhe und Entspannung erwartete mich gewaltige Hektik.
»Mensch, wo bleibst du denn?«, fuhr mich der Keks an, noch ehe ich meinen Rucksack abgesetzt hatte.
»Papa hat doch gleich seine Wahlkundgebung. Willst du nicht mitkommen?«
Eigentlich eher nicht. Was sollte ich da in der Menschenmasse rumstehen? Ich wusste doch auswendig, was er sagte. Andererseits – schließlich handelte es sich um einen Akt der Familiensolidarität und es wäre nicht sehr nett gewesen, wenn ich mich so einfach ausgeklinkt hätte, zumal Papa schon am nächsten Morgen wieder wegmusste. Also sagte ich den Milchkaffee mit Franzi ab und erklärte mich bereit mitzukommen. Was tat ich nicht alles für den Familienfrieden.

Papa wurde mit dem Wahlkampfbus abgeholt und wir durften alle mitfahren. Es war für mich immer ein merkwürdiges Gefühl, Papa mit seinen Parteifreunden zu erleben. Klar, er war weiter mein Vater, er verstellte sich nicht, aber irgendwie war es so, als würde er aus dem Jogginganzug in einen feinen Abendanzug umsteigen. Mir war es ein bisschen unheimlich, wie er so von einer Rolle in die andere schlüpfte. Wenn er nun mal nicht mehr zurückfinden würde? Aber Mam meinte, alle Politiker seien ein bisschen Schauspieler und die hätten ja schließlich auch keine Probleme nach jeder Vorstellung wieder sie selbst zu sein.

»Du musst das so sehen«, hatte Papa selbst mir die Sache mal erklärt. »Das ganze Leben ist eine Bühne, und da gibt es die Vorderbühne und den Backstage-Bereich. Auf der Vorderbühne spielt sich das offizielle und öffentliche Leben ab und auf der Hinterbühne das mehr private. Da kann man sich dann hängen lassen und mit seinen Freunden all das machen, was im öffentlichen Leben verpönt ist.«

Eigentlich war es in der Schule ja nicht anders. Im Klassenzimmer und im Beisein der Lehrer bemühten sich die meisten um ein ordentliches Auftreten, aber schon auf dem Schulhof ging es los mit sexuellen Anspielungen, heimlichem Rauchen, versteckten und offenen Aggressionen und oft heftiger Ferkelsprache. Wirklich, der Schulhof war echt eine andere Bühne mit einer anderen Rollenverteilung. Da gaben Typen den Ton an, die in der Klasse oft den Mund nicht aufkriegten, und wer sonst keine Leistung brachte, war auf dem Schulhof oft der Obermacker.

Ich grübelte noch über dieses merkwürdige Phänomen nach, als wir auf dem Marktplatz ankamen und Papa uns auf die »Vorderbühne« zerrte, weil er vor seiner Rede noch mal schnell mit Familie für die Presse posieren musste.

Nein, wie peinlich. Hätte ich das gewusst, wäre ich – Solidarität hin oder her – bestimmt zu Hause geblieben.

Ich setzte mich darum auch nach den ersten Fotos mit einer gemurmelten Entschuldigung ab und verdrückte mich unter die Arkaden des Altstadtrathauses, wo ich mich hinter einer Säule vor den Blicken neugieriger Bürger sicher wusste.

Ziemlich groggy lehnte ich mich an den kalten Sandstein und schloss für einen Moment die Augen.

»Na, erschöpft?«, fragte plötzlich jemand neben mir, dessen Stimme ich zunächst gar nicht einordnen konnte. »Wusste gar nicht, dass du Connections zu dem Siebert hast.«

Oh, nein! Ich riss die Augen auf und sah direkt in Meiks Gesicht.

»Er ist mein Vater«, gestand ich zögernd.

»Dein Vater? Unser Bundestagsabgeordneter?«

Er schwieg einen Moment, wahrscheinlich, um das Gehörte erst mal zu verarbeiten. War ja sicher für ihn ein Schock, dass ich die Tochter eines Bundestagsabgeordneten war.

Aber er sah mich eher mitleidig an. »Ist wohl ziemlich anstrengend, Tochter eines Politikers zu sein? Ständig Presse und so 'n Rummel!«

Konnte man wohl sagen. Stress lass los! Und nun auch noch Meik, so aus heiterem Himmel. Wie kam der denn hierher?

»Was ... was machst du denn hier?«, stotterte ich

völlig überrumpelt und mit plötzlich flatternden Nerven.

»Mich informieren. Ich kann doch bei dieser Wahl zum ersten Mal wählen.«

Dann ist er ja schon sechzehn, schoss es mir durch den Kopf. Mein Gott, drei Jahre älter als ich. Der wird sich nie wirklich für mich interessieren.

Tat er aber seltsamerweise nun doch. Wahrscheinlich nur, weil ich die Tochter eines Politikers war. Das gab wohl selbst einem »Mädchen von nebenan« eine irgendwie interessante Aura. Na, egal, war ja wenigstens mal ein Anknüpfungspunkt und außerdem war die Situation eigentlich recht günstig. Günstiger jedenfalls als auf dem Schulhof, wo ständig unsere Mitschüler ihre Zoten zogen.

Aber da fingen auch schon die Reden an und ich hatte nicht das Problem, irgendein tief schürfendes oder kreativ-witziges Gespräch mit ihm führen zu müssen.

Plötzlich fand ich den Wahlkampf toll. Was für eine wunderbare Situation, die ihn zwang, eingequetscht von der Menge so dicht bei mir zu stehen. Ich konnte seinen Atem in meinem Nacken spüren und mich mit dem Rücken fast an seine Brust lehnen. Warum eigentlich nur fast? *Lass dich fallen, Mädchen*, forderte mich eine innere Stimme auf. *Nun mach schon. So eine Gelegenheit kommt so schnell nicht wieder*. Ich fand es ja schon ein bisschen peinlich, aber die Verlockung war zu groß und als eine beleibte Frau mir ihren dicken Hintern in den Bauch stupste, nutzte ich die Situation, um mich zitternd an ihn zu lehnen. Er wich nicht zurück und ich fragte mich, ob er nicht wollte oder im Gedränge nicht konnte. Egal! Völlig unerheblich. Ich war ihm nahe, so unwahrscheinlich nahe, wie ich ihm auf dem Schulhof nie gekommen wäre, allein das zählte. Wenn ich das den *Pepper Dollies* berichtete! Ich konnte mein plötzliches Glück kaum fassen. Das musste Mona erst mal schaffen! *Vielleicht hat sie es schon geschafft*, sagte das kleine Miesmacherchen in mir, *Schulbusse sind manchmal ganz schön voll. Vielleicht quetscht sie sich jeden Morgen so an ihn ran.* Der Wermutstropfen lief bitter meine Kehle runter. Ich räusperte mich und versuchte den ätzenden Geschmack loszuwerden, aber die Eifersucht hatte einen Schatten über das wundervolle Ereignis gelegt.

Als die Kundgebung zu Ende war und sich die Menge allmählich verlief, stürzte Mam mit dem Keks auf mich zu. Als sie Meik neben mir entdeckte, an dem ich nun völlig unmotiviert noch immer mit dem Rücken lehnte, kriegte sie sogleich diesen Oh-du-hast-einen-Freund-und-willst-du-ihn-mir-nicht-vorstellen-Blick. Nein, wollte ich nicht. Erstens war er noch nicht mein Freund und zweitens ging sie das gar nichts an. Ich sah sie warnend an. Sie verstand und bezähmte ihre Neugierde. Aber sie lotste uns zu einem der Fress-Stände rüber.

»Kannst ruhig mitkommen«, sagte der Keks zu Meik, als er dessen Zögern bemerkte. »Wir kriegen die Wurst umsonst.«

Dass Meik vielleicht andere als ökonomische Gründe hatte, sich nicht meinem versammelten Familienclan auszusetzen, kam ihm natürlich nicht in den Sinn.

»Wie heißt du?«, löcherte der Keks Meik weiter.

»Meik, er heißt Meik«, antwortete ich genervt und erntete einen verwunderten Blick von Meik, der sich sicher fragte, wie ich zu seinem Namen gekommen war. Ich grinste innerlich und beschloss, es ihm vielleicht später mal zu erzählen. Später, wenn sich alles so wie erhofft zwischen uns weiterentwickelte. Wir holten uns die Wurst und begaben uns dann an einen etwas abseits stehenden Tisch. Was der Keks gar nicht gut fand.

»Hier ist doch noch genug Platz«, sagte er und ich musste ihm erst gegen das Schienbein treten, damit er kapierte, dass ich mit Meik alleine sein wollte.

»Ist ja gut, ich hab's ja gerafft!«, sagte er darauf und sah mich spekulativ an. »Brauchst ja nicht gleich grob zu werden!«

Ich holte noch Coke und als ich die Pappbecher auf den Stehtisch stellte, konnte ich es mir nicht verkneifen, auf die dumme Situation mit seinen Kumpeln am Getränkeautomaten anzuspielen.

»Wie es scheint, krieg ich das mit den Getränken heute auch ohne deine Hilfe hin.«

Er wurde ein bisschen verlegen, was mich insofern freute, weil er offenbar genau wusste, dass er mich da vor ein paar Tagen nicht grade nett behandelt hatte.

»Tut mir Leid«, sagte er. »Das war eine blöde Situation. Ich wollte einfach nicht, dass die noch mehr dumme Sprüche machen. Aber es war wohl nicht die genialste Art, sie abzuwimmeln.«

»Nee, war es wirklich nicht«, sagte ich. »Ich war ganz schön sauer. So hat mich noch nie ein Junge blamiert. Als ob ich mir nicht mal 'ne Coke ziehen könnte!«

Beim Gedanken an die Situation wurde ich wieder richtig brastig.

»Hättest ja was sagen können«, meinte er grinsend. »An Temperament scheint es dir doch nicht zu fehlen.«

Was sollte denn das nun wieder? Ich starrte ihn an.

»Oh, guck nicht so finster. Ich mach es ja wieder gut. Komm, wir gehen noch ein Eis essen. Zum Nachtisch. Ich lade dich ein.«

Zimbeln und Harfen hätten meinem Ohr nicht mehr schmeicheln können als diese Worte. Ich glaubte es nicht. Konnte es wirklich wahr sein, dass Meik, den ich fast schon aufgegeben hatte, mich zu einem Eis einlud?

»Was ist? Reicht das nicht?«

Ich sah ihn aus der rosa Wolke heraus an, die mich eingehüllt hatte, und begriff gar nichts mehr.

»Oder hast du keine Zeit?«

Ob ich Zeit hatte? Natürlich hatte ich Zeit. Alle Zeit der Welt, denn soeben hatte jemand mit mächtiger Hand die Rotation der Erde und das Pulsieren des Universums angehalten.

»Was ist schon Zeit?«, sagte ich irgendwie völlig benebelt.

»Darüber philosophieren wir in der Eisdiele weiter«, meinte er grinsend, weil ihm natürlich nicht entgangen war, dass ich total daneben war. Er schob mich sachte in Richtung Innenstadt.

»Komm, wir gehen zu Coko, da gibt es das leckerste Eis.«

Und da ich ihm darin nur zustimmen konnte, pilgerten wir gemeinsam los.

Auf dem Weg dudelte plötzlich mein Handy.

»Ja?«

Es war der Keks.

»Mama will wissen, ob du mit zurückfahren willst? Wir wollen gleich los.«

Ich sah Meik an. »Soll ich mit dem Wahlkampfbus zurückfahren? Jetzt gleich?«

Er schüttelte den Kopf.

»Nein. Sag Mam, ich komme später nach. Wir gehen noch Eis essen.«

Meik grinste. »Sag mal«, fragte er und sah auf das Handy in meiner Hand, »würdest du mir deine Handynummer geben?«

»Klar, warum nicht?«

Jemand, mit dem frau Eis essen ging, durfte sie doch wohl haben, auch wenn Franzi immer warnte: »Gib ja nie einem Jungen deine Handynummer, das ist ja so was von lästig.«

Woher sie das nun wohl wieder wusste? Meines Erachtens gab es in ihrem Leben doch gar keine Jungs, die mit oder ohne Handy lästig werden konnten. Raffi mal außen vor gelassen.

Wir blieben stehen und tauschten die Nummern aus.

»Und unter welchem Namen darf ich sie abspeichern?«, fragte Meik. »Siebert ist ein bisschen unpersönlich und Julia ... na ja, schon etwas abgenutzt.«

Ich kicherte. Wurde ja langsam auch mal Zeit, dass er sich für meinen Vornamen interessierte.

»Na, dann schreib Kiki. So nennen mich meine Freunde. Mit vollem Namen heiße ich Kristina.«

Er tippte und grinste. »Kiki ist gut, das klingt schön frech.«

»Du stehst auf freche Mädchen?«
»Klar, je frecher, umso aufregender.«
Aha, dann würde Mona ihm ja wohl auch gefallen. Kaum hatte ich diesen Gedanken gedacht, ärgerte ich mich auch schon darüber.

Entweder hatte sich plötzlich Mona wie ein bösartiges Gespenst zwischen uns geschoben oder das Eis hatte unsere Gefühle abgekühlt. Irgendwie war mit einem Schlag die lockere Stimmung, die uns auf dem Marktplatz ergriffen hatte, verflogen. In der Eisdiele war auf einmal alles steif und frostig. Erst konnte ich mich nicht für ein Eis entscheiden, weil alles ziemlich teuer war und ich ihn nicht ausbeuten wollte, und als ich mich dann endlich zu einem Krokantbecher entschloss, hatte sich als ungebetener Gast die Verlegenheit mit an unseren Tisch gesetzt und erstickte jedes Gespräch. Schweigend löffelnd wagten wir es unter ihrem strengen Blick kaum, einander anzusehen. Schließlich wurde es mir zu dumm. Hau ab, du bist nicht eingeladen! Aber sie lachte nur zynisch wie die böse Fee bei Dornröschen und hüllte sich wie wir in Schweigen.

Als Meik dann plötzlich unverhofft doch das Wort an mich richtete, durchzuckte mich so ein Schreck, dass ich mit einer unkontrollierten Bewegung gegen den Eisbecher stieß und sich Schokosoße, Eis und Krokantsplitter über den Tisch und seine helle Hose ergossen.

Entsetzt schlug ich die Hände vor das Gesicht, um das Malheur nicht sehen zu müssen, und stammelte: »Ach du Schreck, was habe ich getan?«

Und dabei dachte ich bei mir: Aus, vorbei, den Typen kannst du vergessen, der hält dich jetzt für gemeingefährlich, der wird in Zukunft einen großen Bogen um dich machen.

Dennoch griff ich zu den winzigen Papierservietten, die auf dem Tisch standen, beugte mich zu ihm rüber und versuchte seine Hose abzuputzen. Klar, dass alles nur noch peinlicher wurde.

Er schob mich sachte zurück.

»Lass mal, ist nicht so schlimm, ich mach das schon.«

Nicht schlimm?! Ja hatte er denn gar nichts mitgekriegt? Ich hatte seine Hose völlig ruiniert und er fand das nicht schlimm! Meine Güte, der Junge war ja die Sanftmut in Person. Er tupfte ein bisschen mit den Servietten auf der Hose herum, dann stand er auf.

»Ich geh mich besser mal eben abwaschen«, sagte er und seine Stimme klang einigermaßen gefasst.

Mann, hatte der eine Selbstbeherrschung. Ich hätte mich an seiner Stelle sofort angeschnauzt: Kannst du nicht aufpassen, du doofe Tussi. Na ja, wahrscheinlich dachte er das auch und war nur zu gut erzogen, es auszusprechen.

Ich sprang ebenfalls auf. »Ich komme mit, ich helfe dir!«

Er grinste schief. »Nee, lass mal, ich kann das schon selber ...«

Und als ich ihn stehen sah, war auch mir schlagartig bewusst, dass ich an dieser delikaten Stelle seiner Hose in der Tat nicht herumrubbeln konnte, und auf dem Herrenklo hatte ich schließlich auch nichts verloren! Hitze wallte in mir auf, meine Hände waren plötzlich schweißnass und ich wäre am liebsten im Erdboden versunken.

Kichern und blöde Sprüche von den Nebentischen taten ein Übriges, um mir das Gefühl zu geben, wieder einmal völlig versagt zu haben.

Und das Schlimmste war, morgen früh würde Mona sich im vollen Schulbus an ihn quetschen und er würde an dieses unsägliche Erlebnis mit mir denken und sie noch viel attraktiver finden. Wer hat schon gerne eine Freundin, die in der Öffentlichkeit mit Eisbechern wirft?!

»Ich glaub es nicht!« Franzi war völlig von den Socken, als ich sie am Abend anrief. »Du warst wirklich mit ihm Eis essen?«

Eis werfen wäre wohl der treffendere Ausdruck gewesen!

»Ich glaub, ich werd nicht mehr! Hast du aber ein Schwein!«

Schwein war nun wieder gut. Allerdings hatte ich es nicht, sondern ich war eins.

Franzi jedenfalls empfahl ohne intimere Kenntnisse der Sachlage: »Dranbleiben. Du musst jetzt unbedingt dranbleiben.«

Einen Moment überlegte ich, ob ich ihr von meinem Missgeschick erzählen sollte. Besser nicht, entschied ich schließlich. Selbst eine beste Freundin musste ja nicht jede Peinlichkeit erfahren.

Aber mit ihrem unnachahmlichen Gespür für emotionale Schwingungen hatte sie bereits mitgekriegt, dass irgendwas nicht ganz so war, wie es sein sollte.

»Du klingst nicht richtig fröhlich«, sagte sie. »Wo ist das Problem? Glaubst du, er meint es nicht ernst?«

Na, die war ja krass. Wie sollte ich denn das nach einem ersten Treffen schon wissen? Im Grunde wusste ich ja noch nicht mal, ob ich selbst es ernst meinte. Und so wie das gelaufen war ... nee!

»Das kann man doch so früh noch nicht sagen.«

»Aber du musst doch spüren, ob da eine Beziehung draus werden könnte! So was fühlt man doch.«

Ich blockte ab. Nach dem, was passiert war, konnte da überhaupt nichts mehr draus werden, am wenigsten eine Beziehung. Mir lief eine kleine Träne des Bedauerns und des Selbstmitleids über die Wange. Ach, was soll's, dachte ich, der Frust musste einfach raus. Und so erfuhr Franzi doch noch alles.

»Hat der Junge denn keinen Humor?«, fragte sie. »Ich stelle mir die Situation ziemlich witzig vor.«

»Du hast ja den Eisbecher auch nicht auf der Hose gehabt.«

»War er denn echt sauer? Wie seid ihr denn auseinander gegangen?«

Die Horrorszene war mir noch lebhaft im Gedächtnis.

»Na ja, er kam mit einem nassen Fleck an peinlicher Stelle zurück. Sah wirklich aus, als hätte er in die Hose gepinkelt.«

Franzi kicherte.

»Es war echt nicht zum Lachen«, sagte ich säuerlich.

»Und dann?«

»Er hat gezahlt und mich zum Bus gebracht. Ich hab mich entschuldigt und er hat gesagt, so was könne ja mal passieren.«

»Na, dann hat er es doch mit Fassung getragen.«

Hatte er, rein äußerlich. Aber was mochte er in seinem Inneren von mir denken?

»Dass du ein bisschen aufregender bist als andere Mädchen!« Franzi gewann dem Ganzen mal wieder was Positives ab.

Aber mir war klar: Ich hatte die einmalige Chance ihn einzufangen schlichtweg vermasselt!

Ich lag völlig gefrustet in meinem Bett und versuchte einzuschlafen, als das Handy piepte und eine SMS anzeigte.

*I scream, you scream, everybody loves ice cream!*
*Danke für das unvergessliche Erlebnis! Meik*

Ich starrte das Display an und konnte nicht verhindern, dass mir ein paar Freudentränen in die Augen schossen.

Ich drückte einen Kuss auf die süße SMS, legte das Handy unter mein Kuschelkissen und schluchzte mich glücklich in den Schlaf. Vielleicht konnte ein Junge ja doch ein Mädchen lieben, das ihn mit Eisbechern bombardierte.

Natürlich gab es am nächsten Morgen für die *Pepper Dollies* nichts Spannenderes, als in meiner Beziehungskiste herumzuwühlen. Und nachdem sie in der Freistunde alles Mögliche daraus hervorgezerrt hatten, landeten wir schließlich bei einem Thema, das auch mich brennend interessierte: das Küssen. Jeder war scharf drauf, aber kaum einer tat es. Außerdem war natürlich Küssen und Küssen zweierlei.

»Also, mal ernsthaft. Was mache ich, wenn er mich

nun wirklich küssen will und sich nicht abwimmeln lässt?«, fragte ich.

»Wie, was machste?« Greetje wunderte sich offensichtlich über die Naivität meiner Frage.

Und Lea sagte: »Ich denke, du bist total in ihn verknallt?«

»Ja, aber ...« Ich druckste herum, weil mir das Thema sogar vor meinen Freundinnen peinlich war. »Er ist doch so viel älter als ich und ... er will doch bestimmt gleich Zungenkuss mit mir machen.«

Es war raus und ich atmete durch.

Franzi kratzte sich nachdenklich am Kopf. Offenbar Problem erkannt, aber noch nicht gebannt.

»Tja«, sagte sie schließlich. »Da kannste wohl von ausgehen.«

»Und?«

»Was und?«

»Wie soll ich mich verhalten?«

»Da bin ich überfragt ...« Franzi grinste viel sagend. »Das musst du schon selber wissen.«

Nun schaltete sich Lea ein. »Also, ich finde, das ist kein Thema. Warte es doch ab. Dein Herz wird dir schon sagen, was du tun musst.«

Sie nun wieder, diese romantische Seele. Mein Herz! Das war doch ein ganz trügerisches Ding. Was das nicht schon alles gesagt hatte ... Nee, normalerweise verließ ich mich doch besser auf meinen Kopf. Überhaupt, Herzensdinge waren bisher mein Ding nicht. In diesem Gefühlswirrwarr und Beziehungsstress brauchte ich einen verlässlicheren Kompass als dieses romantisch verkitschte Pumporgan!

»Wenn du dich mit einem älteren Jungen einlässt«, vertiefte Franzi das Thema weiter, »dann musst du natürlich damit rechnen.«

»Egal, wie alt«, stellte Greetje klar, »alle Jungens wollen nur knutsche mit die Mädchen. Die habe nix anderes im Kopp!«

Wenigstens gab die romantische Lea der Debatte dann wieder eine positive Wendung, indem sie schlicht sagte: »Und wenn schon. Wenn man sich liebt, wird jeder Kuss bestimmt ganz schön.«

Nett. Aber das war ja grade die Frage: Liebte ich Meik?

»Woran merke ich denn, dass ich ihn liebe?«

Lea und Franzi grinsten und sagten wie aus einem Munde: »Daran, dass er dir schmeckt!«

Na, lecker!

Zu Hause lag dann ein Brief für mich in der Post. Auf dem Absender prangte das Logo des City-Centers. Sie hatten mir tatsächlich einen richtigen Vertrag geschickt. Einen echten Modelvertrag. Ich dachte, ich raste aus. Natürlich rief ich gleich Franzi an.

»Komm sofort her«, schrie ich ihr ins Ohr. »Das musst du sehen. Da steht richtig fett ›Modelvertrag‹ drauf. Ein Vertrag *zwischen dem City-Center, vertreten durch den Center-Manager, und Frau Kristina Siebert.* Hörst du? Das bin ich!«

»Ja, ja, ja … ich bin ja nicht taub. Könnte es bei deinem Gebrüll aber werden. Reg dich mal bitte wieder etwas ab.«

Franzi klang ein wenig entnervt. Na ja, vielleicht hatte ich sie mit meinen Modenschaugeschichten die letzten Tage (und Nächte) etwas überstrapaziert. Und dann noch Meik.

»Ach, entschuldige«, sagte ich reumütig und vor allem ein paar Dezibel leiser. »Aber das muss gefeiert werden, lass uns endlich den Milchkaffee zusammen trinken gehen. Vielleicht kommen Lea und Greetje ja auch noch mit.« Jetzt, wo es quasi amtlich war, konnten sie ja auch eingeweiht werden.

Aber Franzi bremste meinen überschäumenden Tatendrang, indem sie erklärte, dass sie in zehn Minuten zum Klavierunterricht müsste. »Schick mir doch einfach ein Fax von deinem Vertrag.«

Das war zwar nur die halbe Freude, aber nachdem sie es bekommen hatte, rief sie noch einmal kurz an, um mir zu sagen, wie genial sie die Sache nun doch fand.

»Pass auf, du wirst noch ein richtiges Supermodel!«, feixte sie und von Modeltussi war bei ihr von nun an nicht mehr die Rede.

Meine Mitschülerinnen fanden das allerdings am nächsten Tag gar nicht so toll.

Besonders die Schleimbeutel schossen plötzlich kleine gehässige Pfeile in meine Richtung ab. Der schiere Neid!

Eigentlich sollten sie ja gar nichts davon erfahren. Überhaupt wollte ich lediglich meine engsten Freundinnen einweihen. Aber leider passierte dann dieses Missgeschick mit dem Fax und die ganze Schule war informiert. Das war ja so was von peinlich, dass ich nahe dran war, die Sache abzublasen und mich, bis Gras darüber gewachsen war, krankzumelden.

Ich hatte Franzi ja die erste Seite von meinem Vertrag gefaxt. Aus irgendeinem Grund hatte sie das Fax in ihren Schulrucksack gesteckt und es bei irgendeiner dummen Gelegenheit, vermutlich beim Herumkramen nach dem Pausenbrot, irgendwo in der Schule verloren.

Jemand hatte es gefunden und, statt es mir zurückzugeben, sich einen Spaß daraus gemacht, es an die Pinwand in der Eingangshalle zu hängen. Ein dickes rotes, Aufmerksamkeit heischendes Ausrufezeichen hatte er außerdem noch draufgemalt. Klar, dass ich das Fax sofort entfernte, als mir Lea davon berichtete, aber da hatte es schon fast jeder gelesen und für mich war Spießrutenlaufen angesagt.

»Guck mal, da kommt unser Supermodel!« oder: »Na, ein bisschen Claudia Schiffer spielen? Willst dir wohl auch einen Magier angeln!«, waren noch die harmlosesten Bemerkungen.

Fabian und seine Gorillas gingen da schon schärfer ran.

»Uiuiui«, afften sie herum, »Kiki im Bikini! Und das bei dem Hintern!«

Ich hätte sie an die Wand schmieren können! Aggression lass nach! Aber nicht nur die Bratzen aus meiner Klasse lästerten darüber ab, auch einige Lehrer meinten, ihren Senf beziehungsweise ihre wohl gemeinten pädagogischen Ratschläge dazugeben zu müssen. Als mich auch noch Wölfchen ermahnte, nur ja nicht die Schule darüber zu vernachlässigen und mir den Ruhm nicht zu Kopf steigen zu lassen, reichte es mir.

»Herr Dr. Wolf«, reagierte ich ziemlich geladen auf seine Vorhaltungen. »Diese Modenschau macht mich weder reich noch berühmt, sie macht mir einfach Spaß. Sie hat mit der Schule überhaupt nichts zu tun, sondern ist eine reine Freizeitbeschäftigung. Was machen Sie denn eigentlich in ihrer Freizeit?«

Er sah mich irritiert an. »Ich angele gelegentlich, aber ich wüsste nicht, was das mit deiner Modenschau zu tun hätte?«

»Sehr viel«, sagte ich immer noch sauer. »Haben Sie das etwa schon mal öffentlich am schwarzen Brett bekannt gemacht?«

Noch immer war er verunsichert, denn er nahm seine Brille ab und begann sie mit seinem Schlips zu putzen. »Nein, warum sollte ich?«

»Sehen Sie. Sie wollen, dass das Angeln ihre Privatsache bleibt und nicht alle Tierschützer sie als Fischmörder ächten oder versuchen, Ihnen den Angelsport auszureden. Das würde Sie sicher nerven. Und genauso nervt es mich, wenn jeder in dieser Schule meint, zu meiner Modenschau einen Kommentar abgeben zu müssen, nur weil so ein Idiot dieses Fax an die Pinwand gehängt hat.«

Ich starrte nun finster in die Runde, ob ich vielleicht das schwarze Schaf entdeckte, aber niemand von meinen Klassenkameraden outete sich als Täter. So holte ich noch einmal tief Luft und sagte abschließend: »Also, ich wäre Ihnen sehr dankbar, wenn das Thema damit erledigt wäre. Wenn Sie allerdings immer noch besorgt sein sollten, sind Sie herzlich eingeladen, sich die Modenschau Anfang Mai anzusehen.«

Erst fingen die *Pepper Dollies* an zu kichern, dann stimmten andere ein und schließlich wogte ein lautes Gelächter durch die Klasse, in der während meiner Rede ein betretenes Schweigen geherrscht hatte. Klar, fast alle hatten ein schlechtes Gewissen, weil sie mich jeder auf seine Weise gemein aufgezogen oder zumindest geneckt hatten.

Natürlich grübelte ich darüber nach, warum so was ausgerechnet wieder mir passieren musste und nicht Mona. Die nahm doch auch an der Modenschau teil, aber darüber zerriss sich niemand das Maul. Na ja, ihr Vertrag hing ja auch nicht am schwarzen Brett. Es ärgerte mich, dass sie unbehelligt davonkommen sollte, und in einer echt boshaften Anwandlung sah ich noch einmal zu Herrn Wolf hinüber und sagte: »Wie wäre es, wenn Sie sich auch ein bisschen um Monas Seelenheil kümmern würden? Die macht nämlich auch bei der Modenschau mit.«

Wölfchen und ich schauten beide gleichzeitig zu Mona. So musste er mitgekriegt haben, dass sie mir einen Blick zuwarf, der mir für einen Moment das Blut in den Adern stocken ließ.

Oje, dass sie so heftig reagieren würde, hatte ich nicht erwartet. Na, jedenfalls waren nun die Fronten geklärt: Ich konnte sie nicht leiden und sie mich nun garantiert auch nicht mehr. Was soll's, dachte ich.

Und als Wölfchen dann anfing, nun auch sie noch mit seinen wohlgemeinten Warnungen vor falschen Hoffnungen und irrationalen Laufstegträumen zuzubröseln, genoss ich die Situation mit einem boshaften Grinsen.

»Du bist fies«, sagte Franzi. »Was du da eben gemacht hast, ist nicht anständig gewesen.«

»Ich weiß«, sagte ich, von keinerlei Reue angekränkelt.

Schließlich war es von Mona auch nicht anständig, sich an meinen Schulhofflirt ranzumachen.

# Tränen, Training, tolle Typen

Als ich zu Hause über den Aufgaben saß, hatte ich dann doch ein schlechtes Gewissen, weil ich Mona in die Pfanne gehauen hatte. So was tat frau einfach nicht. Aber vielleicht hatte ja sie das Fax ans schwarze Brett gehängt, um mir eins auszuwischen? Zugetraut hätte ich es ihr. Himmel, wenn Meik es nun auch gelesen hatte! Wäre ja megapeinlich, sagte ich mir! Na ja, vielleicht hatte ich es ja schnell genug entfernt.

Hatte ich nicht. Mein Handy dudelte eine altirische Weise, die ich irgendwie schön fand. Den Anruf fand ich dann allerdings weniger schön. Es war Meik.

»Sag mal, das mit diesem Modelvertrag ist doch wohl ein Scherz, oder?«

Also hatte er es gelesen. Was nun? Cool bleiben. Erst mal hören, was er zu sagen hat.

»Wieso?«

»So was macht doch ein anständiges Mädchen nicht!«

Ach nee! Er ließ da ja wohl nicht mal eben den Macho raushängen?

»Aha«, erwiderte ich verblüfft. »Du weißt also, was ein anständiges Mädchen macht!«

»Jedenfalls verkauft es nicht seinen Körper!«

Ach du gelocktes Meerschwein! Der Knabe war ja heftig.

»Wollen wir das hier am Handy klären?«, versuchte ich ihn etwas zu dämpfen.

»Warum nicht? Das geht sehr gut!«

Fand ich zwar nicht, weil ich ihm lieber ins Gesicht gesehen hätte bei diesem Gespräch, aber wenn er es so wollte ...

»Okay, und? Was erwartest du jetzt von mir?«

»Dass du diesen Modenschaublödsinn lässt!«

»Und warum? Hast du außer Vorurteilen auch einen sachlichen Grund?« Auf den war ich ja nun wirklich gespannt.

»Das passt nicht zu dir.«

Ach. Was für ein umwerfendes Argument. Das hatte ich von meinem Vater auch schon gehört.

»Du findest mich also zu hässlich für so was!«, versuchte ich ihm das Lächerliche seines Verhaltens scherzhaft bewusst zu machen.

Aber er blieb verbiestert. »Ich will keine Freundin haben, die sich von anderen Typen begaffen lässt!«

Aha, nun kamen wir der Sache schon näher. Der Junge war schlicht eifersüchtig. Damit fing er ja früh an. Da musste ich aber gleich mal einen Riegel vorschieben. »Und ich will keinen Freund haben, der mich eifersüchtig bewacht wie ein Pascha seine Haremsdamen!«

Er schwieg einen Moment, weil es ihm offensichtlich die Sprache verschlagen hatte.

Ich hörte, wie er schluckte.

»Du scheinst da aber was ziemlich falsch verstanden zu haben ...«

Hatte ich das? Konnte ich eigentlich gar nicht finden.

»Ich meine ja nur ... Models sind doch nichts als lebende Kleiderpuppen. Sie haben doch nur die Aufgabe, was zu verkaufen. Wie kannst du dich für so was hergeben?«

Nun wurde ich sauer. Wie kam er eigentlich dazu, sich so in meine Angelegenheiten einzumischen? Und entsprechend provokant sagte ich deshalb: »Also, ich finde es lustig. Jedenfalls lustiger als deine altkluge Moralpredigt.«

Er schwieg wieder einen Moment. »Schade«, seufzte er dann. »Falls du es dir anders überlegst, kannst du dich ja noch mal melden.«

»Da kannst du lange warten!«, schnauzte ich spontan zurück und brach die Verbindung ab.

Nee, danke, Tugendwächter spielten mein Vater und Wölfchen schon genug, von einem Freund musste ich das nicht auch noch haben.

Als sich mein erster Zorn gelegt hatte, wurde mir plötzlich schmerzlich bewusst, dass er das Ganze vielleicht wirklich ernst gemeint haben könnte. Und dann hieß das ja ... Oh nein, daran wollte ich nun aber gar nicht denken!

Franzi! Ich musste sie sofort anrufen.

»... und was meinst du jetzt zu so was?«, fragte ich, nachdem ich ihr alles erzählt hatte.

»Hm, die Sache mit euch hat sich wohl erledigt. Wenn du ihn so abgehängt hast, muss er annehmen, dass du mit ihm Schluss gemacht hast.«

»Hab ich doch gar nicht. Ich war nur sauer, ich wollte doch nicht Schluss machen ...«

Franzi schwieg einen Moment, in dem sie hörbar nachdachte.

»Wenn du mich fragst, gibt's nur zwei Möglichkeiten: Du verzichtest auf ihn oder aber auf die Modenschau. Beides geht offenbar nicht unter einen Hut.«

»Aber ich will nicht auf die Modenschau verzichten!«, jaulte ich auf. »Das wird bestimmt der Megaspaß!«

»Dann lass den Knaben sausen!«

Am nächsten Morgen wachte ich ziemlich zerschlagen auf. Mehr als eine Träne war in mein Kuschelkissen gesickert, als mir in der Nacht bewusst wurde, dass Meik und ich nun getrennt waren. Getrennt, bevor wir überhaupt ein richtiges Paar waren. Schnief. Und ausgerechnet heute waren die ersten Proben für die Modenschau angesetzt, bei denen Leute von der Modelagentur aus Berlin mit uns die richtigen Gänge auf dem Laufsteg einstudieren sollten. Als ich vor einigen Tagen das Schreiben vom City-Center bekommen hatte, in dem mir mitgeteilt wurde, dass die Proben ganztägig seien, war mir sofort klar gewesen, dass ich dafür von Wölfchen nie im Leben eine Beurlaubung kriegen würde. Also musste Mam ran.

»Mam, ich brauche eine Entschuldigung für die Schule. Wegen der Modenschau.«

»Klar, kannst du morgen mitnehmen«, sagte sie ihre Unterstützung zu.

Ich grinste erleichtert. Mam war schon voll korrekt.

Also packte ich meine Sachen zusammen. Ich zog mir Sportschuhe und ein paar bequeme Klamotten an.

»Mam? Kann ich von dir ein paar Schuhe mit Absatz leihen? Hier steht, wir sollen ein Paar mit Absatz mitbringen.« Ich wedelte meiner Mutter, die beim Frühstück noch die Zeitung las, mit dem Brief von der Agentur vor der Nase herum.

Sie hatte gar nicht zugehört und hielt mir ihrerseits die Zeitung hin. »Guck mal, das ist aber mal ein wirklich schönes Foto von uns.«

Mit Missbehagen erkannte ich das Ergebnis des Fototermins von der Wahlkundgebung. Hoffentlich sieht es niemand aus meiner Klasse, dachte ich und kam auf meine Frage zurück. Zum Glück hatten wir beide die gleiche Schuhgröße und Mam fand auch rasch etwas Passendes. Ziemlich steil allerdings!

Ich sah auf die Uhr. Verdammt spät schon wieder. Ich raffte alles zusammen und raste zum Bus. Ich war total aufgeregt. Gleich würde ich lernen, wie ein Model zu gehen, und wenn ich dann morgen über den Schulhof schlenderte, musste Meik mir völlig verfallen, egal was er gegen Models und Modenschauen hatte. Zwischen uns war das letzte Wörtchen noch nicht gesprochen. Wäre doch gelacht, wenn ich den Typ nicht erobern könnte. Die Waffen einer Frau, heute sollten sie gewetzt werden. Und grinsend dachte ich, echt scharf!

Die Probe für die Modenschau lief in einem großen Lagerraum ab. Er war ziemlich trist, schlecht beleuchtet und kalt. Die zwölf Mädchen und drei Jungen standen ziemlich orientierungslos und fröstelnd herum. Ich hatte mich gleich zu Debbie gesellt. Natürlich war auch Mona da, mit oder ohne Wölfchens Erlaubnis, und sie hatte sich, wie konnte es auch anders sein, gleich neben die Jungen platziert. Ich sah mir die Knaben ein bisschen genauer an.

Zwei von ihnen hatte ich beim Casting ja schon gesehen. Aber der Dritte, der war neu. Da war ich mir ganz sicher. So einen Typ übersah frau doch nicht! Der wäre mir bestimmt aufgefallen mit seinem dunklen, gegelten Wuschelhaarschopf, der schmalen Nase, den markanten Augenbrauen und … unsere Blicke trafen sich. Meine Güte, was für Augen, aus denen sprühte ja förmlich der Schalk und die Lebenslust! Er grinste mich frech an und entblößte dabei ein makelloses Gebiss. Ich senkte erschüttert und wahrscheinlich rot leuchtend wie eine Signallampe den Kopf, dachte aber zugleich, dass es vielleicht gar nicht so schlecht sei, dass ich momentan von Meik getrennt war. Da konnte ich doch mal ganz unverbindlich einen Blick auf andere attraktive Jungen riskieren. *Unverbindlich?* Meine innere Anstandsdame klang skeptisch. *Dafür sind deine Organe aber ganz schön durcheinander … Herzflattern, Magengrummeln, Atemstocken … tzzz! Sehr unverbindliche Reaktionen!*

Also jetzt komm mir nicht sarkastisch, reagierte ich säuerlich und war froh, als jemand in die Hände klatschte und meine Aufmerksamkeit forderte.

»Kann mal jemand die Heizung anmachen?«, fragte die große Verena mit dem Pferdegebiss in die eintretende Stille.

»Geht nicht«, sagte eine junge Frau mit samtbrauner

Haut. »Hier gibt es keine Heizung. Aber euch wird gleich warm werden, wenn wir mit der Choreografie loslegen.«

Sie wandte sich an einen Jungen, der ein T-Shirt mit der Aufschrift *Agentur Berger – Top in Mode* trug und an einer opulenten Musikanlage mit riesigen Verstärkerboxen herumhantierte.

»Leg mal 'ne heiße Scheibe auf, Ali, damit den Mädels warm wird.«

Der murmelte in breitem Berlinerisch was von »Klaro, mach ick« und schon knallte Uncle Kracker aus den Lautsprechern.

Die Samtbraune griff zu einem Funkmikro. »Also, Mädels, ich begrüße euch im Namen von Frau Berger und im Namen des Center-Managements. Ich bin Shalima und arbeite seit fünf Jahren bei der Agentur Berger. Ich bin selbst zehn Jahre als Model gelaufen. Habe also genug Erfahrung im Geschäft. Heute Abend will ich pünktlich zurück nach Berlin fliegen, darum tut mir einen Gefallen und gebt euch ein bisschen Mühe.«

Sie lachte ein breites Lachen, das ihre strahlend weißen und ebenmäßigen Zähne enthüllte. Ich dachte an meinen leicht schiefen Eckzahn und nahm mir vor, die Zahnspange etwas weniger schlampig zu tragen. Vielleicht wären Brekkies ja doch besser gewesen. Verfluchte Eitelkeit aber auch! Andererseits, mit so viel Blech im Mund hätte ich mich doch nie zu dieser Modenschau melden können.

»Leider haben sich wie immer nur wenig Jungs als Models beworben, darum haben wir zur Verstärkung für Ivo und Jost noch Percy eingeladen. Er studiert

Tanz und hat schon mal ein bisschen nebenbei gemodelt. Weil er hier wohnt, war er kurzfristig bereit, in dieser Show mitzulaufen. Danke, Percy, das ist super von dir!«

Alle Mädels brachen in begeisterten Beifall aus, den Percy lässig hinnahm.

Sah der toll aus! Dass einer wie er in unserer Stadt rumlief, ohne mir bisher aufgefallen zu sein! Und fast ein Profi war er auch schon. Ein ehrfurchtsvoller Schauer zitterte mir das Rückgrat runter. Wie gemein, dass er ausgerechnet neben Mona stehen musste. Die himmelte ihn natürlich schon die ganze Zeit maßlos an.

Shalima deutete auf Ali. »Er wird während der ganzen Show die Musik machen. Und das ...«, sie zeigte auf einen schlaksigen jungen Mann in einem weißen Overall mit Agenturaufdruck, »... das ist Ken, er ist unser Mädchen für alles, besonders aber für Deko, Garderobe und Fotos zuständig.« Sie klatschte erneut in die Hände und schaute zu Verena und ein paar anderen älteren Mädchen rüber. »Könnt ihr mal das Quasseln einstellen?! Hier geht es heute um harte Arbeit, wem das nicht passt, der kann gleich gehen. Wer heute nicht kapiert, wo's langgeht, ist fehl am Platze. Im Klartext: Nur wer genau das macht, was ich sage, wird bei der Show dabei sein und eventuell genug Punkte sammeln, um am Ende ganz oben auf dem Treppchen zu stehen.«

»Bei der piept's ja«, zischte ich Debbie zu. »Die glaubt wohl, sie ist auf dem Kasernenhof!«

Aber Debbie legte den Finger auf den Mund und flüsterte: »Warte doch ab.«

Alle, einschließlich der unsäglichen Mona, hingen

nun förmlich an Shalimas Lippen. »Wir werden jetzt erst mal zusammen üben im Rhythmus zu gehen. Ich mache es mal vor: vier Schritte vor, Drehung, vier Schritte zurück. Klar?«

Shalima stolzierte auf ihren irrsinnig dünnen Beinen, die in hautengen Leggings steckten, vor, drehte sich in wirklich spielerischer Anmut um und kam mit einem blasierten Lächeln im Gesicht zurück. Ich grinste Debbie an. So ein paar Schritte zur Musik würde ich ja wohl noch hinkriegen.

Ali legte eine neue CD auf und Shalima zählte. »Auf vier ... und ... eins ... zwei ... drei ... vier ... und los und ... eins ... zwei ... drei ... vier ... und drehen ... und eins ... zwei ... drei ... vier ... und drehen ... und ... «

Die ganze Truppe setzte sich auf ihr Kommando hin wahllos in Bewegung, was natürlich nur im Chaos enden konnte.

»He, kannst du deine Haxen nicht bei dir behalten?«, meckerte ich meine Hinterfrau an, die mir gerade voll in die Hacken gelatscht war.

Wie mir ging es auch anderen, denn von überall waren Flüche und Schmerzensschreie zu hören.

»Ihr sollt auf die Musik *schreiten* und nicht durch den Raum rasen!«, sagte Shalima. »Und wenn einer vor euch geht, könnt ihr den natürlich nicht einfach niederwalzen. Also, macht mal ein bisschen kleinere Schritte und schaut, was eure Vorder- und Nebenfrauen machen. Ich sag's noch mal. Hier gewinnt keiner einen Blumenpott, der nicht wirklich bereit ist sich dem Team unterzuordnen.«

Ich schielte zu Mona rüber. Sie lief brav in Reih und Glied und hing mit den Augen sklavisch an Shalima. Hm, dachte ich, obwohl mir das Getue von Shalima viel zu autoritär war, wenn die das durchhält, dann halte ich auch durch.

Also bemühte ich mich, meine Vor- und Nebenfrau im Auge zu behalten und dennoch im Rhythmus der Musik zu bleiben.

Das war gar nicht so einfach, weil mein Blick immer wieder zu Percy abirrte.

»Schön, schön«, lobte Shalima schließlich. »Der Rhythmus klappt ja schon ganz gut, aber ihr lauft teilweise wie 's Rindvieh beim Almabtrieb.«

Das war ja mal wieder aufbauend.

»Ihr müsst das Spielbein immer genau vor das Standbein setzen. So ...« Sie machte es vor und ich sah mit Staunen, dass sich ihre Hüften ganz von alleine wiegten. Irre. Genau so war Mona über den Schulhof geschritten. Was für ein simpler Trick. Ich strahlte Shalima dankbar an und probierte es sofort aus.

Debbie kicherte. »Cool.«

Ich schielte zu Percy rüber. Er lächelte anerkennend. »Zieht jetzt mal die Highheels an.«

Oje, damit würde ich ja gleich den guten Eindruck wieder ruinieren.

Shalima zeigte auf Mona und mich. »Ihr beiden, kommt mal her.«

Mona und ich sahen uns an. Ihr Blick war arrogant und wanderte an mir runter, bis er bei meinen Schuhen war. Sie grinste geringschätzig und als sie neben mir stand zischte sie: »Na, Mamas Treter geborgt? Die sind ganz schön ausgelatscht. Pass auf, dass du nicht rauskippst.«

Grr! Ich sah auf ihre Füße, die natürlich in angesagten Slingpumps steckten. Wo die nur die Knete für die coolen Klamotten herhatte?

»Nun macht mal, los!« Shalima klang leicht ungeduldig.

Ali schob eine frische CD ein. »*Let's dance ... dadam ... dadadam ... let's dance ...*«

Mona schritt los und ich eierte in Mams »Pömps« neben ihr her. Als wir an Ivo, Jost und Percy vorbeikamen, stieg mir die Peinlichkeit heiß in die Wangen. Die wurden noch röter, als ich Percy leise pfeifen hörte. Hoffentlich knicke ich nicht um, dachte ich und atmete erleichtert auf, als wir wieder bei Shalima ankamen.

»Okay«, sagte sie. »Wenn ihr noch etwas übt, wird es gehen. Ihr lauft zusammen.«

Ich hatte keine Ahnung, wovon sie überhaupt sprach, aber eins raffte ich doch – ich hatte Mona am Hals! Womit hatte ich das nur wieder verdient?

»Pro Show zeigen wir Mode von fünf verschiedenen Anbietern in zehn bis fünfzehn Bildern. Jedes Bild hat ein eigenes Modethema, das heißt, dass ihr euch zwischen den Bildern ein paar Mal umziehen müsst.«

Shalimas Worte lösten ein allgemeines Stöhnen aus.

»Natürlich üben wir das«, tröstete uns Shalima gleich. Sie klatschte in die Hände und forderte uns auf, Paare zu bilden und miteinander die Klamotten zu tauschen. »Das ist zugleich eine Art vertrauensbildende Maßnahme«, sagte sie, »das fördert den Teamgeist.«

»Ist das wirklich ihr Ernst?«, fragte ich Debbie. »Ich

zieh mich doch hier nicht vor den Jungen bis auf die Unterwäsche aus. Davon war keine Rede im Vertrag!«

»Dann lass uns aufs Klo abhauen«, schlug sie vor.

Aber als wir uns stiekum absetzen wollten, verbaute Shalima uns den Weg. »Wo soll's denn hingehen?«

»Aufs Klo«, sagte ich, obwohl mir klar war, dass sie die Lüge durchschaute.

»Nicht zufällig in den Kindergarten?«

Gelächter der älteren Mädchen.

»Stellt euch nicht an. Mit falscher Schamhaftigkeit kommt ihr in diesem Geschäft nicht weit. Entweder ihr macht, was ich sage, oder ihr geht gleich nach Hause. Die Entscheidung liegt allein bei euch.«

Ich fing Monas Blick auf. Sie stand bereits im Unterhemd da und schien sich förmlich an unserer Blamage zu weiden.

Na warte, dachte ich, dir werd ich's zeigen. Glaub ja nicht, dass ich dir das Feld hier kampflos überlasse.

»Okay, geh ich eben später zur Toilette«, sagte ich in beiläufigem Tonfall. »Wird ja mal eine Pause geben.«

Shalima zog leicht die Augenbraue hoch, sparte sich aber einen weiteren Kommentar.

Da alle anderen bereits eine Partnerin hatten, musste ich mit Debbie die Klamotten tauschen, was angesichts der Tatsache, dass Debbie einen halben Kopf kleiner war als ich und auch sonst ziemlich zierlich, nicht einer gewissen Komik entbehrte. Während Debbie meine Sachen um die Glieder schlotterten, musste ich mich in ihre engen Jeans quetschen und mein Bauch quoll megapeinlich aus dem Reißverschluss hervor.

Als dann auch noch Mona im Vorbeigehen hämisch

sagte: »Ein bisschen Diät wäre nicht verkehrt«, konnte mich nur noch der Anblick der eins neunzig großen Verena trösten: Der Rock ihrer Partnerin hing ihr nämlich wie ein Lendenschurz um die Hüfte.

Natürlich musste ich zwanghaft zu Percy rüberschielen. Der hatte aber auch einen tollen Körperbau – und diese Bräune! Wie nach zwei Wochen Mallorca. Da hatte er sie auch tatsächlich her, wie ich später erfuhr. Mitgebracht von einem »exquisiten Foto-Shooting«.

Eins hatte die Übung aber auf jeden Fall gebracht: Die Anspannung löste sich tatsächlich bei allen und nach einem allgemeinen befreienden Gelächter entwickelte sich eine fast schon familiäre Stimmung. Es wurde geflachst, gelästert und auch viel Anerkennendes und Aufmunterndes gesagt. Genau das hatte Shalima wohl mit dieser Aktion erreichen wollen.

Leider steckte Shalima Debbie in eine andere Gruppe mit Models ihrer Größe. Ich musste natürlich in einer Gruppe mit Mona laufen. Hatte irgendwer gesagt, diese Modenschau würde mir Spaß bringen?!

Aber als dann der Jennifer-Lopez-Hit *Love don't cost a thing* ertönte und ich einen anerkennenden Blick von Percy erhaschte, ließ ich mich mitreißen. Hach, was würde das erhaben sein, wenn ich mit total schicken Fummeln zu dieser Musik auf dem Laufsteg wandelte.

In der Mittagspause holten wir dann erst mal die passenden Schuhe aus der Schuhboutique und danach zog ich mich mit Debbie zurück. Alle Models durften sich im Center-Restaurant ein Essen und ein Getränk ihrer Wahl bestellen. Debbie und ich bedienten uns großzügig am Salatbüfett und orderten ein Putenschnitzel. Als

Mona ihr Tablett an unserem Tisch vorbeibalancierte, hatte ich einen Moment den Eindruck, als ob sie sich zu uns setzen wollte. Aber mein eisiger Blick hatte sie wohl noch rechtzeitig gewarnt. Nee, die konnte ich jetzt wirklich nicht gebrauchen, wo ich mit Debbie erst mal ordentlich die Leute durchhecheln wollte. Vor allem die drei Jungs natürlich.

»Wie findest du sie?«, fragte ich Debbie unverblümt, kaum dass wir am Tisch saßen.

»Total süß! Alle drei! Eine tolle Mischung«, kam prompt die Antwort und sie kicherte albern.

»Und Percy? Wie findest du den?«

Debbie kicherte schon wieder. »Schön!«, sagte sie mit Inbrunst.

»Schön?« Was war denn das für eine Aussage über einen Jungen. »Jungen sind doch nicht schön«, sagte ich.

»Doch«, beharrte Debbie uneinsichtig. »Percy ist schön. Wie ein antiker Gott! Hast du diesen Körperbau gesehen? Muskulös und trotzdem schlank, drahtig im Gang und trotzdem geschmeidig. Und diese langen dunklen Wimpern ... fast schon unanständig von Mutter Natur, solche Wimpern an einen Jungen zu verschwenden.«

Ich sah Debbie skeptisch an. Meine Güte, was für ein fast schon lyrischer Ausbruch! Sollte sie sich in diesen Typ verguckt haben?

»Nein, nein«, wehrte sie meine indiskrete Nachfrage ab. »Wirklich nicht. Ich bin ganz objektiv, aber er ist der tollste Typ, den ich je leibhaftig vor mir gesehen habe. Er erinnert mich so an diesen Schauspieler aus *Eiscremesoda*.«

»Eiscremesoda? Bist du sicher, dass das ein Filmtitel ist?«

Ich konnte mich da überhaupt nicht dran erinnern. Der letzte Film mit viel Eis war Titanic gewesen und ... Wie auch immer ... diesen Percy sollte auch ich vielleicht im Auge behalten.

»Wie alt schätzt du ihn?«

»Achtzehn oder neunzehn, vielleicht auch schon zwanzig. Für uns ist er leider zu alt.« Debbie seufzte ziemlich frustriert.

Ich seufzte auch und schickte gleich einen unterdrückten Schrei hinterher. »Das gibt's doch nicht!«, entfuhr es mir und ich deutete mit dem Kopf zu dem Tisch, an dem Mona mit zwei anderen Models saß.

Was ich dort sah, trieb mir die Zornesröte ins Gesicht.

Vor dem Tisch stand kein anderer als Percy, im Begriff, sich daran niederzulassen. Am liebsten wäre ich hingerannt und hätte ihn beschworen, sich bloß nicht dort hinzusetzen, sondern an unseren Tisch zu kommen, aber welchen Grund hätte ich ihm dafür angeben sollen? Mona hat die Pest oder die Windpocken? Mona stinkt nach Knoblauch? Sie ist eine Hexe, wenn du an ihrem Tisch sitzt, wird sie dich zu ihrem Sklaven machen? Letzteres war ja echt zu befürchten, aber leider dennoch nicht glaubwürdig rüberzubringen. Mist aber auch. Was hatte diese dusselige Kuh an sich, was ich nicht hatte?

»Warum? Warum fahren alle Jungs bloß so auf Mona ab?«

Wir waren nach dem Essen auf dem Rückweg in die

Übungshalle und Debbie musste mal wieder meinen ganzen Frust ertragen.

Angenervt fragte sie: »Mensch, Mädchen, hast du eigentlich Minderwertigkeitskomplexe?«

Hm, das kriegte ich von Franzi auch oft genug zu hören. Sollte da vielleicht wirklich etwas dran sein? Da musste ich wohl ein bisschen an mir arbeiten. Das fand Debbie auch.

»Lächeln!«, sagte sie aufmunternd. »Keep smiling!«

Den Nachmittag verbrachten wir mit weiteren Proben, in die nun auch die Jungen eingebunden waren.

Plötzlich, ohne Vorwarnung, griff Shalima Mona aus unserer Gruppe heraus und sagte: »Du läufst mit den Jungs!«

Neid war gar kein Ausdruck für das, was ich empfand. Wieso nur hatte Mona wieder so ein Schwein? Wahrscheinlich hatte sie Percy beim Mittagessen voll eingewickelt. Frustriert sah ich weg. Doch da wurde auch ich plötzlich am Arm gepackt. Ich fuhr herum.

»Du, wie heißt du?«, fragte Shalima.

»Krist… Krist… Kiki!«, stotterte ich.

»Du läufst auch mit den Jungs. Ihr macht zu fünft das letzte Bild vorm Finale.«

Sie zog mich von Debbie weg in die Mitte der Halle, wo Mona bereits mit den Jungs kicherte.

»Ali, mach mal *Follow me* und ihr – los jetzt. Aufstellung … Ivo, Mona, Percy, Kiki, Jost. Percy fängt an: tänzerisches Solo, bitte!«

Percy trat vor und legte ein kurzes Breakedance-Solo hin. Dann blieb er vorne stehen und Ivo und Jost schlossen über Kreuz zu ihm auf.

»Jetzt ihr, Mona, Kiki.« Shalima nickte uns zu.

Mona startete sofort durch. Ich – völlig den Einsatz verpeilt – blieb stehen. Wiederholung! Diesmal preschte ich los und Mona hatte das Nachsehen.

Shalima war verärgert. »Könntet ihr es auch mal zusammen probieren? Wir wollen heute noch mal fertig werden.«

Beim dritten Mal klappte es. Meine Güte, war das aufregend. Ich sollte wirklich und wahrhaftig in einem Bild mit Percy laufen, mit dem ultimativ tollsten Typen, der je einen Laufsteg unsicher gemacht hatte?! Nur schade, dass auch Mona dabei war. Nichts ist vollkommen im Leben. Wahrscheinlich sah ich ziemlich missmutig drein, denn Shalima riet mir: »Nun lächle doch mal. Du musst strahlen!«

So, musste ich? Wenn das mal so auf Knopfdruck ginge. War ich ein Kernkraftwerk? Wie zwingt man Frust raus und Frohsinn rein?

Außer mit Mona und den Jungs lief ich noch in einer Gruppe mit May, einer farbigen Britin, und mit diesem Mädchen, das Cindy hieß und sich für etwas Besseres hielt, weil sie schon mal Gesicht des Monats bei einer Jugendzeitschrift gewesen war. »*The most boring face in town*« wäre treffender gewesen! Und auch in dieser Gruppe, wie konnte es anders sein, hatte ich wieder Mona am Hacken. So 'n Mist!

Shalima erklärte uns dann noch, wie die Modenschau ablaufen würde, und gab uns einige Tipps.

»Also, Mädels«, sagte sie, »ich erwarte, dass ihr euch die Achselhöhlen rasiert und auch nicht mit Beinen wie die Affen hier auflauft. Es kann nämlich sein, dass ihr ärmellose Tops und kurze Röcke und Hosen präsentieren müsst.«

Ach du Schreck, dachte ich, das hatte ich ja noch nie gemacht. Sollte ich mir dazu Papas Rasierapparat ausleihen?

»Deine Mutter hat doch bestimmt einen Lady-Shaver«, beantwortete Debbie flüsternd meine Frage.

Hatte sie?

»Und kommt bitte alle in hautfarbener Unterwäsche. Es kann sein, dass ihr helle oder durchsichtige Teile tragen müsst.«

Allgemeines Gekicher und ich dachte mal wieder, dass ich hier vielleicht doch fehl am Platze war. Ich und ein durchsichtiges Top! Eher sprang ich vom Laufsteg!

»Strumpfhose ist klar, bitte ohne Naht und verstärkte Spitzen und Versen. Make-up macht eine Stylistin der Parfümerie, ihr legt bitte nur eine Grundierung auf. Haare bitte frisch gewaschen, die Frisuren modelliert der Frisiersalon Klimmt.«

Am Ende des Tages waren wir alle groggy, aber Shalima war zufrieden, und das allein zählte. Das heißt, für mich zählte eigentlich nur eins. Percys Lächeln. Und als er beim Abschied ein lockeres »Ciao Bella« zu mir rüberrief, hing der Himmel voller Geigen – ach Quatsch, Geigen, schlug der Drummer kräftig aufs Schlagzeug! *Do you feel my heart beating ... or ... am I only dreaming?*

Bei unserem abendlichen Rundruf hatte ich meinen Freundinnen natürlich einiges zu erzählen. Aber weil ich fürchterlich müde war, machte ich es dann doch kurz und vertröstete sie auf die Freistunde am nächsten Schultag. Eins wollte ich aber von Franzi doch noch wissen, bevor ich auflegte: »Rasierst du dir die Achselhöhlen?«

Sie kicherte. »Nee, aber ich hab es schon mal überlegt. Da wächst wirklich plötzlich der reinste Urwald. Wieso fragst du?«

Ich berichtete ihr von Shalima.

»Oh, gut«, sagte sie, »probier du es mal aus und dann sag mir, wie es ist.«

Na fein, ich eignete mich ja auch voll als Versuchskaninchen.

»Mam«, fragte ich nach dem Abendessen, als sich der Keks vor die Glotze warf und die Hitparade irgendeines Musiksenders anstarrte, »hast du ein paar Minuten für ein Frauengespräch?«

Sie kriegte diesen Glucken-Blick, bei dem ich am liebsten immer gleich Reißaus nahm, aber diesmal erforderte die Sache, dass ich standhielt.

»Natürlich, natürlich«, kam sie mir entgegen, »wenn ich irgendwie helfen kann ...«

»Kannst du«, lenkte ich ihr enthusiastisches Dienstleistungsangebot gleich in die richtige Richtung. »Ich brauche eine Strumpfhose, Make-up-Grundierung und ...« Kunstpause. »Hautfarbene Unterwäsche.« Und damit sie nicht wer weiß was dachte, fügte ich noch erklärend hinzu: »Alles für die Modenschau.«

Die spekulative Neugier, die kurz in ihren Augen aufgeflackert war, legte sich abrupt.

»Alles keine Affäre«, meinte sie. »Ich helfe dir gerne

aus. Und was die Unterwäsche betrifft, geh halt mit Franzi und kauf dir was Passendes. Das wirft der City-Center-Auftrag schon noch ab.«

Ich strahlte sie dankbar an. Das ging ja einfacher, als ich gedacht hatte. Ich war schon auf dem Weg ins Bett, da drehte ich mich noch mal um und fragte: »Sag mal, hast du einen Lady-Shaver?«

Vermutlich klang durch, wie peinlich mir die Frage war, denn Mam lachte und sagte: »Willst du den auch borgen?«

»Tja, äh …«, druckste ich herum. »Shalima meint, also … wegen der Bein- und Achselhaare …«

Mam kicherte nun richtig albern wie ein Schulmädchen. »So, so … alles klar! Der liegt im Badezimmer, geh schon mal vor, ich komme gleich und zeige dir, wie das geht.«

Was gab es da eigentlich zu lachen? Ein bisschen eingeschnappt stieg ich die Treppe zum Elternbad hinauf.

Als Mam mir wenig später das kühle, formschöne Teil in die Hand legte, war ich aber doch froh, dass sie mir damit half. Wäre schon dumm gewesen, wenn ich mir statt der Haare die Haut abgesäbelt hätte.

Am Morgen hatte ich einen dicken Kopf. Ich schaute aus dem Fenster, ob es vielleicht einen Wetterumsturz gegeben hatte, aber das einzige Umstürzlerische spielte sich offenbar in meinem Inneren ab. Es war wirklich völlig verrückt. Ich hatte doch tatsächlich in der Nacht von Jungs geträumt. Und zwar nicht von irgendwelchen fernen Traumprinzen in glitzernden Rüstungen, sondern ganz konkret von echten Typen zum Anfassen!

Das war mir ja noch nie passiert. Und was das Kurioseste daran war, ich hatte gleichzeitig von Meik und von Percy geträumt.

Wenn das nicht verdächtig war! Sollte ich mich plötzlich gleich in zwei dieser seltsamen Wesen verguckt haben?

Ich ging ins Badezimmer und holte mir unter der Dusche meinen kühlen Kopf zurück.

Wölfchen war natürlich alles andere als erbaut, als ich ihm meine Entschuldigung gab. Und auch Mona bekam seinen Unmut zu spüren.

»Ich kann euren Eltern zwar nicht verbieten, dass sie euch an einer solchen Veranstaltung mitwirken lassen, aber ich kann es beim besten Willen nicht als Entschuldigungsgrund für euer Unterrichtsversäumnis anerkennen. Das werdet ihr auf dem Zeugnis als Fehltag wieder finden.«

Unwirsch steckte er die Entschuldigungen weg und schrieb mit gerunzelter Stirn etwas ins Klassenbuch. Als wir es in der Pause nachlasen, stand da wirklich: *Mona und Kristina fehlten unentschuldigt.*

So 'n Spaßverderber!

Als ich in der großen Pause Meik alleine am Getränkeautomaten stehen sah, juckte es mich unheimlich, sofort meine neu erworbenen Modeltricks an ihm auszuprobieren und ihn postwendend zurückzuerobern.

»Wartet mal hier einen Moment«, sagte ich zu den *Pepper Dollies*. »Ich muss nur kurz was erledigen.«

Ich straffte meine Haltung. Gerade schaute er nämlich zu mir herüber. Ich hob die rechte Hand und winkte zögerlich.

Er grinste, rührte sich aber ansonsten nicht vom Fleck.

Also musste ich zu ihm rübergehen, während er mir entgegenstarrte. Die ideale Gelegenheit, den frisch gelernten Modelgang auszuprobieren. Und wenn er wieder denkt, ich hätte ein Hüftleiden?, fuhr es mir durch den Kopf. Ach, Quatsch! Jetzt hatte ich es schließlich einen ganzen Tag lang geübt. Musste mir halt vorstellen, dass ich auf eine der Musikvorlagen lief. Drei ... vier ... *come along now ... come along with me ...* Ich stolzierte mit erhobenem Haupt, Zahnpastalächeln und sorgfältig Fuß vor Fuß setzend zu ihm hinüber.

Irgendwer stieß doch tatsächlich einen Pfiff aus. Das heißt, Pfiff war untertrieben, es war ein ganzes Pfeifkonzert und es kam nicht von Meik, wie ich es mir erträumt hatte, sondern es erklang hinter mir, wo ich nach einer formvollendeten Drehung Fabian und einen Haufen meiner Klassenbratzen stehen sah.

»Professionell!«, sagte Fabian beifällig und schien es sogar als Lob gemeint zu haben. Mir allerdings war es vor Meik in höchstem Maße peinlich. Was musste der denn jetzt denken.

Als ich mich wieder zu ihm umdrehte, kam er geradewegs auf mich zu.

»Äh, Meik, äh, ich ... ich muss dir das erklären ...«, begann ich stotternd, aber er wollte gar nichts hören, nahm nur meine Hand und zog mich weg.

»Lass doch diese unqualifizierten Typen«, sagte er dabei.

Wenig später saßen wir auf einer etwas versteckten Bank in der Nähe des Sportplatzes. Er blieb dickköpfig bei seinen Vorurteilen.

»Da siehst du, was passiert, wenn du dich so zur Schau stellst!«, sagte er und ich dachte, mein Vater säße neben mir.

Voll abtörnend, so ein Gefühl!

»Ich stelle mich doch nicht zur Schau, ich führe Mode vor!«, sagte ich etwas lauter, als ich wollte. »Ich bin doch nicht für die geilen Typen verantwortlich!«

Er zuckte bei der Heftigkeit meiner Reaktion ein wenig zusammen, aber weil er wohl selbst das Gefühl hatte, sich etwas zu weit vorgewagt zu haben, sagte er mit entschuldigendem Unterton: »Ich halte diesen ganzen Modezirkus eben schlichtweg für überflüssig.«

Er sah mich dabei so grundehrlich aus seinen blauen Augen an, dass ich nicht anders konnte, als ihm zu verzeihen.

»Ach, weißt du, es hat sich halt so ergeben«, sagte ich, »weil meine Mutter die Werbung für die Modenschau macht. Es ist doch eine interessante Erfahrung und ...« Ich konnte mir einfach nicht verkneifen es zu sagen: »... Mona macht schließlich auch mit.«

»Mona? Ach, die Dunkelhaarige aus dem Bus. Sieht ja auch megagut aus.«

Ich sah ihn erstaunt an, das war ja eine interessante Bemerkung. Er fand also, dass sie gut aussah, so, so! Und bei ihr schien es ihn ja nicht zu stören, dass sie bei der Modenschau mitmachte. Zum Teufel mit Mona!

»Kannst ja gerne mal zur Modenschau hinkommen«, sagte ich aus diesen Gedanken heraus ziemlich brüsk,

»und dich überzeugen, dass mir keine Spanner unter den Rock gucken!«

Ach du Schreck! Nun hatte ich mich aber ganz schön im Ton vergriffen.

Aber Meik sprang nach diesem Anraunzer nun doch tatsächlich über seinen Schatten und sagte lachend: »Ich mag Mädchen, die ihren eigenen Kopf haben. Echt. Ich finde diesen Modenschaukram zwar beknackt, aber wenn es dir Spaß macht ... Hauptsache, du stehst zu dem, was du tust.«

Jetzt machte er mich echt neugierig. »Und du? Stehst du zu den Dingen, die du so machst?«

Er wollte gerade antworten, als die Schulklingel das Ende der Pause ansagte. Schade. Die Antwort hätte mich schon interessiert.

Auch er schien über die abrupte Unterbrechung unseres Gespräches nicht sehr erbaut zu sein. »Hättest du was dagegen, unser Gespräch nach der Schule fortzusetzen?«, fragte er zögernd.

Ich schüttelte den Kopf. »Nö. Können wir machen. Ist eh mein letzter freier Nachmittag. Morgen geht die Modenschauwoche los.«

»Wo wollen wir uns treffen?«

Ja, wo denn nur? Am besten an einem romantischen Ort!!! »Wir könnten einen Spaziergang machen ...«

Er nickte.

»An der Kiesgrube?«

Er war einverstanden und so verabredeten wir uns dort um achtzehn Uhr.

# Zwei Zicken auf dem Catwalk

Ich nahm Schnuffel als Anstandsdame mit. Sie freute sich irrsinnig und nachdem sie Meik gründlich beschnuppert hatte, akzeptierte sie ihn voll. Er hatte aber auch eine ausgesprochen natürliche Art, mit ihr umzugehen, und man merkte, dass er Tiere mochte. Ein Pluspunkt für ihn.

Wir wanderten um die ehemalige Kiesgrube herum und unterhielten uns angeregt über alles Mögliche, nur nicht über das heikle Thema Modenschau. Als es zu dämmern begann, hockten wir uns, Schnuffel zwischen uns, auf die Uferböschung und sahen dem Sonnenuntergang zu. Die Sonne begann sich gerade in eine orangerote Scheibe zu verwandeln, als Meik Schnuffel plötzlich hochnahm und sich auf den Schoß setzte. Gleichzeitig rückte er näher an mich heran. Mit der einen Hand begann er Schnuffel mit der anderen mich zu streicheln. Den Hund mit kräftigem Strich, mich an der Schulter sehr viel zaghafter. Als ich es geschehen ließ, wurde er mutiger und strich auch ein bisschen über meine Haare. Dann begann die Sonne langsam hinter der Skyline der Stadt zu versinken. Er hörte auf zu streicheln und legte seinen Arm fest um mich. Als ich fröstelte, zog er mich an seine Schulter, wo ich mich gut aufgehoben fühlte und an der ich darum liegen blieb.

*Do you feel my heart beating ... or am I only dreaming ...*

*do you feel the same ... I don't wanna lose that feeling ... is that burning an eternal flame?*

Die Modenschaumusik – wie passte sie auf diesen wundervollen Augenblick. Und wie passte sie auch wieder nicht, denn plötzlich sah ich Percys hübsches Gesicht vor mir und als Meik sich zu mir beugte, um mich zu küssen, drehte ich mich verlegen weg. Das konnte ich ihm nun wirklich nicht antun, ihn zu küssen, während ein anderer Junge durch meine Gedanken spukte!

Die Sonne versank, wir standen auf und trennten uns am Bus – ungeküsst. Was für eine wahrhaft tragische Situation.

Als ich zu Hause mit Schnuffel ankam und sofort ans Telefon stürzte, um Franzi anzurufen, war sie doch tatsächlich nicht zu erreichen. Was für ein unhaltbarer Zustand! Wem sollte ich denn nun von diesem denkwürdigen Date erzählen. Dem Keks etwa?

»Ich verstehe sehr viel von Liebe«, sagte er, als ich in die Küche ging und frustriert einen Tee kochte. »Ich weiß, dass du ein Date mit Meik hattest und ich bin sicher, dass du ihn nicht geküsst hast!«

Wie bitte? War mein Bruder zu einem Liebesorakel mutiert?

»Wie kommst du denn da drauf?«, fragte ich ziemlich neugierig.

»Du siehst einfach nicht glücklich aus.«

Da erwies er sich nun auch noch als kleiner Psychologe!

»Leute, die geküsst haben, schweben immer drei Zentimeter über dem Erdboden.«

Ach nee.

»Oder sie rennen alles um, weil sie die Welt wie durch einen rosa Wattebausch sehen.«

So, so.

»Außerdem singen sie oder summen ständig.«

Hm.

»Du tust nichts von alledem. Also hast du auch nicht geküsst.«

»Gratuliere!«, sagte ich. »Eine absolut überzeugende Ableitung – nur leider ist sie falsch! Er hat mich geküsst!«

Und mit dieser Lüge ließ ich einen völlig verdatterten kleinen Bruder in der Küche stehen. Als ich in meinem Zimmer die erste Tasse Tee getrunken hatte, überkam mich jedoch die Reue und das schlechte Gewissen. Was war, wenn ich dem Keks den Glauben an den Wahrheitsgehalt wissenschaftlicher Beweisführungen geraubt hatte? Würde ich ihm dadurch womöglich eine spätere Forscherkarriere vermasselt haben? Nein, die Schuld wollte ich nicht auf mich laden. Ich öffnete meine Zimmertür: »Hey, Keks!«, rief ich. »Komm mal her!«

Er schlenderte mit obercoolem Gesichtsausdruck herbei.

»Du hast Recht gehabt. Wir haben uns nicht geküsst. Er wollte, aber ich wollte nicht.«

»Nein? Warum nicht? Meik ist doch nett? Der wird bestimmt mal Schulsprecher!«

Na, dann! Ich seufzte. »Ich weiß es auch nicht. Aber es kann ja noch werden.«

Er tätschelte aufmunternd meine Hand. »Wird schon«, sagte er altklug. »Alle Mädchen haben Angst vorm ersten Mal.«

Hätte es mir das Taktgefühl nicht verboten, ich hätte losgelacht. Und so was war in der fünften Klasse!!!

»Das ist eine dramatische Verstrickung«, sagte Lea am nächsten Morgen in der Schule, »Kiki wird sich entscheiden müssen, wem sie ihre Liebe schenken will.«

Ach je, von Liebe wollte ich eigentlich gar nicht sprechen. Klar, beide Jungs wirkten auf den ersten Blick sehr nett, aber was wusste ich denn sonst von ihnen? Jedenfalls nicht genug, um gleich von Liebe zu reden. Da war Lea doch ein bisschen sehr romantisch. Heutzutage verfiel frau doch nicht gleich dem Erstbesten, sondern testete erst mal, ob er auch hielt, was er versprach. Franzi erwies sich dann wieder als die Realistin unserer Gruppe.

»Also, ich sehe überhaupt kein Problem. Besser, man hat die Wahl zwischen zwei Typen als überhaupt keinen. Kiki wird sich, wenn es denn so weit ist, bestimmt für den Richtigen entscheiden.«

Danke für das Vertrauen, dachte ich, wobei ich mir persönlich gar nicht sicher war, ob es gerechtfertigt war.

In der großen Pause schielte ich verstohlen zu der Hofecke hinüber, wo Meik mit seinen Kumpels herumstand. Ob er wohl sauer war, weil der Abend nicht so verlaufen war, wie er es sich vorgestellt hatte? Als hätte er meinen Blick gespürt, sah er plötzlich auf und zu mir herüber. Er lachte ganz süß, dann wandte er sich wieder seinen Freunden zu.

Na, jedenfalls schien er nicht sauer zu sein.

In den nächsten Schulstunden war ich alles andere als aufmerksam, denn meine bevorstehende Laufstegpremiere ließ langsam meine Nerven kribbeln. Leider hatten meine Lehrer dafür überhaupt kein Verständnis und ich musste mehr als eine Ermahnung über mich ergehen lassen. Als die Klingel dann endlich den Schulschluss einläutete, machte ich, dass ich schleunigst nach Hause kam, denn ich musste ja noch duschen und Haare waschen. Wenigstens war Mam zu Hause und konnte mir beim Auftragen der Grundierung helfen. Wo ich doch sonst kein Make-up benutzte! Sie machte es mit gekonnten raschen Strichen und als die Haare trocken waren, warf ich mich in ein paar bequeme Klamotten, packte die benötigten Utensilien ein und düste los.

»Und vergesst ja nicht, vorbeizukommen!«, rief ich noch, dann schlug die Tür ins Schloss.

Als ich das City-Center erreichte, staunte ich dann doch. Mitten auf der Freifläche hatten sie einen T-förmigen Laufsteg aufgebaut und mit Stellwänden einen Backstage-Bereich für die Auftrittwechsel abgeteilt. Alles war sehr stylish und die Werbetafeln von Mams Agentur wirkten ausgesprochen edel. Die Musikanlage war im Backstage-Bereich aufgebaut und zu beiden Seiten des Laufstegs standen die riesigen Lautsprecherboxen. Jede Menge Grünpflanzen waren kunstvoll in Ecken und Nischen arrangiert. Ich war nicht die Einzige, die angesichts dieses professionellen Aufwands plötzlich Nervenflattern und Lampenfieber bekam.

»Ich krach bestimmt vom Laufsteg«, sagte Debbie, »ich hab so ein dummes Gefühl, dass irgendetwas schrecklich schief gehen wird.«

»Ach, das ist nur das Lampenfieber. Red dir da nichts ein«, versuchte ich sie halbherzig zu trösten.

»Wo ziehen wir uns denn um?«, fragte ich Shalima, die geschäftig herumwuselte.

Sie wies auf einen Durchgang zum Treppenhaus.

Als ich die Tür öffnete, traf mich fast der Schlag.

Das Treppenhaus führte nicht zum Umkleideraum, es *war* der Umkleideraum. Dicht gedrängt zwischen fahrbaren Kleiderständern und einigen Stühlen tummelten sich meine Mitmodels. Einige standen schon in ihrer hautfarbenen Unterwäsche herum, bereit, in ihre Vorführmodelle zu schlüpfen. Andere tranken Kaffee aus Pappbechern und schwatzten oder sahen mehr oder weniger gelassen dem Treiben der anderen zu.

Die drei Jungen standen grinsend mittendrin in diesem Trubel. Als ich Percy erspähte, hatte mein Herz einen kleinen Aussetzer, bevor es doppelt so schnell wie üblich weiterschlug. Was für ein toller Typ! Zurechtgemacht für die Show sah er heute noch viel besser aus als bei der Probe. Er grinste mich auch sofort freundlich an, während Ivo seine ganze Aufmerksamkeit auf Verena richtete, die ihn heftig angrub. Na ja, wenn er auf Pferdegesichter stand ... Jost entledigte sich gerade seines Sweatshirts und stand mit nacktem Oberkörper vor einem Kleiderständer und auch Percy war schon dabei, sich umzuziehen. Jedenfalls zog er gerade den Reißverschluss seiner Jeans runter. Ich stieß heftig den Atem aus und drehte mich weg.

»Hier sollen wir uns doch wohl nicht alle gemeinsam umziehen«, sagte ich zu Debbie, weil ich einfach nicht glauben konnte, was ich sah.

»Ich fürchte, doch«, sagte diese ebenfalls leicht geschockt. »Deswegen wohl die Umziehübung bei der Probe!« Und mit verstellter Stimme ahmte sie Shalima nach: »Nur keine falsche Schamhaftigkeit, Mädels!«

Wir standen noch wie angewurzelt in der offenen Tür, als ein paar Mädchen riefen: »Tür zu! Es zieht!«, und ich spürte einen sanften Druck im Rücken.

Es war Frau Berger, die Chefin der Modelagentur persönlich, die mich mit einem leichten Schubs in das Treppenhaus beförderte. »Nun mal rein, ihr Küken! Was ist denn, husch, husch, umziehen, die Show geht gleich los.«

Sie bemerkte unser Zögern.

»Irgendwelche Probleme?«, fragte sie.

»Ähm, ja, die Jungen … äh …«

»Ach du heilige Unschuld!« Sie lachte. »Die schauen euch schon nichts weg!«

Ich war allerdings nicht die Einzige, die die Verhältnisse etwas merkwürdig fand. Frau Berger aber meinte nur, dass ein Treppenhaus zwar nicht unbedingt der ideale, aber doch ein durchaus üblicher Umkleideraum bei solchen Veranstaltungen sei.

Dann war es wohl auch üblich, dass ständig irgendwelche des Lesens unkundige Kunden die Absperrung und das Schild »Halt – Modenschau! Hier kein Durchgang!« ignorierten und in unseren »Umkleideraum« reingurkten. Dass wir uns dort fast alle den Hintern abfroren und einen Schnupfen holten, war ein zusätzlicher, von ihr wohl gar nicht einkalkulierter Nebeneffekt.

Frau Berger klatschte in die Hände und richtete ein paar Worte an die versammelte Mannschaft.

»Also, Mädels«, sagte sie. »Dies ist zwar ein Wettbewerb, aber ich wünsche, dass es hier trotzdem kameradschaftlich und fair zugeht. Shalima wird jeden Tag eine Punkteliste führen und dafür ist es nicht nur wichtig, wie gut ihr lauft, sondern auch, wie sorgfältig ihr mit den Klamotten umgeht und vor allem, wie kollegial ihr euch verhaltet. Also zickt untereinander nicht rum, sondern gebt euer Bestes für eine gute Show. Hals- und Beinbruch!«

Als sie nach dieser Ansprache rausrauschte, blieb ein Duft nach Maiglöckchen und Lavendel zurück.

Shalima, die auch hinzugekommen war, sah mich und Debbie genauer an. »Ihr seid ja noch gar nicht geschminkt und frisiert. Los, schnell rauf in den Frisiersalon. Das müsst ihr vor dem Anziehen machen. Hopp, hopp!« Und als wären wir ein paar Küken auf dem Hühnerhof, scheuchte sie uns wieder hinaus.

»Wo ist denn der Friseur?«, fragte Debbie.

Ich meinte mich zu erinnern, im obersten Stockwerk einen gesehen zu haben, und so fuhren wir mit dem Panoramalift nach oben. Aus der Höhe sah der Catwalk einfach toll aus!

Beim Friseur waren noch einige andere Models »in

Arbeit«. Eine unfreundliche Friseurin schubste mich zu einem Frisiersessel rüber. »Setz dich da hin, du kommst gleich dran.«

Ich ließ mich nieder, nur um gleich darauf wieder hochzufahren, denn neben mir saß keine andere als ... Mona! Als ich sah, dass sie ziemlich unglücklich guckte, setzte ich mich jedoch wieder und genoss es zuzusehen, wie eine etwas genervte Friseurin ihr die Haare vermurkste. Grins! Nachdem ich scheinbar ewig gewartet hatte, kam wenigstens schon mal eine Visagistin zu mir und begann mir die Augen mit Kajal zu umranden, Lidschatten auf die Oberlider zu tupfen und die Wimpern mit einer fetten Paste zu tuschen, wonach sie tatsächlich um Etliches länger wirkten.

»Was trägst du denn so?«, fragte sie, als es darum ging, eine passende Lippenstiftfarbe zu finden. Da ich noch keine Ahnung von meinem Outfit hatte, nahm sie ein eher dezentes Rot. »Das passt zu vielen Sachen. Wenn du morgen was anderes willst, musst du es sagen.« Rasch tupfte sie noch etwas Rouge auf die Wangen und fertig war ich.

Super! Schon allein für dieses Schminken hatte sich die Teilnahme an der Modenschau gelohnt.

Auf dem Stuhl nebenan hatte sich die Sache nun dramatisch zugespitzt. Monas Hochfrisur war bereits zum zweiten Mal zusammengebrochen. Entsprechend sauer beschimpfte sie die Friseurin als unfähig und diese jammerte schluchzend: »Ich kann doch auch nichts dafür! Was soll ich denn machen, wenn ich keine Haarnadeln und Clips mehr habe. Hat uns ja keiner gesagt, dass wir heute jede Menge Models frisieren müssen.«

Ich konnte mir eine leichte unkollegiale Schadenfreude nicht verkneifen.

Ich selbst geriet dann an eine supersüße Friseurin. Sie hieß Desiree und war eine Meisterin ihres Faches. Im Nu zauberte sie mir eine extravagante Hochsteckfrisur und es blieb ihr Geheimnis, wo sie die nötigen Haarnadeln hergehext hatte.

»Heb die aber auf und bring sie morgen wieder mit«, sagte sie noch zu mir, als ich mich überschwänglich bei ihr bedankte.

»Du siehst fantastisch aus«, meinte Debbie und ich konnte ihr das Kompliment nur zurückgeben. Beide wirkten wir, als seien wir geradewegs einem Hochglanzmagazin entsprungen. Als wir wieder hinunterfuhren, war Mona immer noch in den Kampf mit ihren Haaren und der Friseurin verstrickt.

»Ob das mit den beiden heute noch was wird?«, sagte ich kichernd und hoffte heimlich, dass nicht, denn dann wäre ich sie wenigstens los gewesen.

Im Treppenhaus war die Stimmung inzwischen angespannt. Einige Mädchen machten sich erfolgreich gegenseitig nervös. Einer gefielen ihre Klamotten nicht und sie kam bei jedem an, um sich immer wieder versichern zu lassen, dass sie doch megatoll darin aussah. Und das ging so: »Sehe ich nicht grausam aus? Sag, dass ich grauenhaft aussehe ... wie ein wandelnder Kartoffelsack! Sag es ruhig. Sei ehrlich, sehe ich nicht grausam aus? Wie ein wandelnder Kartoffelsack ...«

Eine andere hatte ihrer Meinung nach den falschen Lippenstift abbekommen. »Schrecklich, dieses Rot zu dem lila Pulli!«

Und wieder eine andere klagte über zu kleine Schuhe. »Ich hab ja jetzt schon Druckstellen! Das halte ich nicht durch!«

Shalima steckte alles mit einer erstaunlichen Gelassenheit weg und pamperte jede. So zum Beispiel: »Deine Klamotten stehen dir megagut, nur du kannst so was tragen!« Oder so: »Das Rot trägt man in dieser Saison – besonders zu Lila. Krass ist angesagt!« Und dann wieder: »Hättest dir halt passende Schuhe aussuchen müssen. Tausch sie heute nach der Show um. Und keine falsche Eitelkeit, nimm ruhig 'ne Nummer größer!«

Aber als dann May ihr T-Shirt gegen meins tauschen wollte, weil das angeblich besser zu ihrem Outfit passte, riss Shalima doch der Geduldsfaden.

»So 'ne Zimperzicke!«, schimpfte sie und genau in dem Moment trat der Center-Manager durch die Tür, um uns mit einer absolut belanglosen Ansprache endgültig verrückt zu machen.

Von jedem Model gab es einen kleinen Steckbrief mit Foto und den genauen Maßen. Den bekamen die einzelnen Boutiquen und danach suchten sie die Klamotten aus und stellten die passenden Kollektionen für die einzelnen Gruppen zusammen. Auf fahrbaren Kleiderständern wurde dann das ganze Zeug von Ken und einigen Verkäuferinnen zu uns heruntergebracht. Nach der Show musste alles dorthin zurückgebracht und wieder ordentlich aufgehängt werden.

»Du bist wohl der klassisch-sportliche Typ«, hatte mich Shalima schon gleich in ein passendes Kästchen einsortiert und so überraschte es mich nicht, als ich für das erste Bild, das ganz in Schwarzweiß gehalten war, einen schicken schwarzen Hosenanzug mit einer weißen Bluse tragen sollte. Ich suchte mir eine Nische hinter einem Kleiderständer und zog mich so vor neugierigen Blicken verborgen um.

»Morgen bringe ich ein Badelaken mit, das kannst du dann davor halten«, sagte ich zu Debbie, die das eine gute Idee fand.

Frau Berger entlockte es nur ein leichtes Lächeln, aber Shalima sagte trocken: »Du bist nicht zufällig ein bisschen verklemmt, Kleine? Wenn du Model werden willst, musste dich da aber noch etwas umorientieren!«

Model werden? Ich? Traute sie mir das denn zu?

»Klar, warum nicht«, sagte sie lachend auf meine zaghafte Frage. »Aber wie gesagt: Musst noch 'ne Menge lernen!«

Na, dazu war ich ja hier.

Als ich in meinem schicken Hosenanzug hinter dem Kleiderständer hervorkam, pfiff Percy sofort durch die Zähne. »O, là, là, Bella!«, sagte er und sein Lächeln war pure Begeisterung.

Hatte der vielleicht eine ausdrucksstarke Mimik! Der sollte Schauspieler werden, dachte ich.

Als ich mich im Spiegel sah, erstarrte ich allerdings auch in Ehrfurcht vor mir selbst. Ich sah nicht nur etliche Jahre älter aus, sondern auch irgendwie überirdisch. So, als hätte eine gütige Fee mal eben ihren Zauberstab über das kleine Aschenputtel geschwenkt und es in eine liebliche Prinzessin verwandelt.

Da sage noch einer, dass Kleider nicht Leute machen. Und mein Misstrauen gegenüber diesen Machen-Siedas-Beste-aus-Ihrem-Typ-Serien in den Frauen- und Modezeitschriften war schlagartig verschwunden. Das ging ja wirklich mit ein bisschen Farbe und Styling. Im Geiste modelte ich schon ein paar von den Schleimschnecken um, fand diese Aufgabe dann aber doch zu schwierig. Die hatten einfach keinen Pfiff.

Die Schleimschnecken erinnerten mich wieder an Mona.

Wo war sie denn nur abgeblieben? Hatte sie den Kampf mit der Friseurin tatsächlich verloren? Würde mir ja wirklich nichts ausmachen, wenn sie die Show verpasst, dachte ich. Doch zu früh gefreut. Frisch frisiert und geschminkt trat sie soeben ins Treppenhaus. Allerdings waren von der Hochfrisur nur ein paar seitlich angesteckte Minizöpfchen übrig geblieben. Und dafür der ganze Aufwand!

Sie sah ziemlich geladen aus, was Shalima wohl nicht bemerkt hatte, denn sie drängelte: »Jetzt aber flott, Mona, und nächstes Mal ein bisschen pünktlicher, bitte!«

Das war für Mona nach der eben durchgemachten Tortur offenbar zu viel und sie giftete zurück.

»Dann sorgt ihr mal dafür, dass dieser Scheißfriseur nicht wieder sein Lehrmädchen auf mich loslässt!«

Das gibt Punktabzüge, dachte ich schadenfroh.

Verfolgt von Shalimas missbilligendem Blick, quetschte sich Mona an mir und Debbie vorbei und verschwand genau wie ich vorhin hinter dem Kleiderständer, auf dem nun allerdings nicht mehr viel hing, weshalb der Sichtschutz ziemlich mangelhaft ausfiel. Entsprechend sauer reagierte sie, als plötzlich ein Blitzlicht flashte.

»Kannst du mit dem Schrott mal aufhören?«, fuhr sie Ken an. »Denkst du vielleicht, irgendwer kauft dir deine Spanner-Fotos ab?«

Die inzwischen fertig angezogenen Kerle grinsten und schauten ungeniert zu und Jost begann zu singen: »*Sexbomb, sexbomb, you're my sexbomb* ...«

Das fand ich nun ziemlich ätzend und auch übertrieben. »Habt ihr nichts anderes zu tun?«, raunzte ich sie an.

Ivo grinste breit. »Eifersüchtig?«

Ich hätte ihn würgen können. Warum glaubte jeder Typ, dass ich auf Mona eifersüchtig sein müsste?

Ich schnappte mir Debbie und zerrte sie raus in den Backstage-Bereich. Die Show würde sowieso gleich beginnen.

Ali legte *Miss California* auf und Frau Berger ging zunächst alleine auf die Bühne. Sie war ebenfalls super zurechtgemacht und trug einen Hosenanzug mit Reptilienmuster. Ihre schrillroten Haare lieferten einen fetzigen Kontrast zu ihrem nicht zu verleugnenden Alter. »Ich bin eine Oma, okay«, gab sie später mal zu, »aber eine Oma mit Biss und Stil! Das müsst ihr Küken erst mal schaffen!«

Ali fuhr die Lautstärke der Musik runter und Frau Berger begrüßte die Gäste, erklärte, dass wir alle Laienmodels seien, und stellte die Firmen vor, deren Kollektionen wir zeigen würden. Echt angesagte Namen waren darunter.

Sie bedankte sich bei der Parfümerie für das Makeup und beim Frisiersalon (kicher!) für die Frisuren und es ging los.

Ali drehte die Musik wieder hoch und die erste Gruppe, angeführt von der äußerst dynamisch ausschreitenden Verena, betrat den Laufsteg.

Freundlicher Beifall des Publikums empfing sie und so weit ich es zwischen den Stellwänden sehen konnte, klappte alles ganz prima. Ein Mädchen nach dem anderen trat vor, ging das lange T hinunter, vollführte eine Drehung und kam zurück in die Reihe. Dann traten alle zusammen vor und liefen noch einmal paarweise nach vorne. Die Gruppe war ganz in Beige und Braun gehalten und alles wirkte sehr harmonisch. Als die Mädchen sich beim Abgang noch einmal zum Publikum drehten, strahlten sie alle zufrieden und glücklich über die gelungene Premiere.

Und nun wir. Cindy, Mona, May und ich. Alle in Schwarz und Weiß. Mona trug zu ihren dunklen Haaren und als Kontrast zu mir einen abgefahrenen weißen Jeans-Hosenanzug mit vielen glitzernden Nieten. Das sah auch nicht gerade unedel aus, musste ich zugeben. Aber da ich mit meinem Outfit sehr zufrieden war, saß der Stachel des Neids diesmal nicht so tief. Warum vergaß ich diese Mona nicht einfach mal völlig? Ich seufzte beim Betreten des Laufstegs. Wenn das mal so leicht gewesen wäre.

Frau Berger hatte meinen Seufzer gehört, denn sie hielt mich kurz am Arm zurück. »Lächeln, Süße«, sagte sie aufmunternd, »lächeln, zeig der Welt die Zähne. Du hast doch so hübsche!«

Da hatte sie wohl meinen schiefen Eckzahn übersehen! Aber dennoch fand ich diese Aufmunterung sehr lieb und als die Musik losging und Mona den ersten

Schritt machte, folgte ich ihr in ziemlich beschwingter Stimmung.

Die schlug allerdings sofort um, als ich zum Ende des Laufstegs sah. Mein Gott, wo kamen denn die vielen Leute her? Mir begannen die Knie zu zittern, aber ich musste weiter. Hatte diese Mona denn vor überhaupt gar nichts Schiss?

Sie stolzierte so beherzt drauflos, als hätte sie ihr Leben lang nichts anderes gemacht. Ich zwang das verordnete Lächeln in mein Gesicht und hielt krampfhaft mit ihr Schritt bis an den Rand des Laufstegs. Als ich dort grinsend wie ein Honigkuchenpferd ins Publikum schaute, entdeckte ich auf der angehaltenen Rolltreppe unsere drei Jungen, die pfiffen und kräftig Beifall klatschten. Wie lieb von ihnen, dachte ich und freute mich direkt darauf, gleich mit ihnen zusammen zu laufen. Was mich aber echt verwirrte, war ein Junge, der an einer der Säulen lehnte und mich total versunken anstarrte: Meik. Er war wirklich gekommen und gleich zu meiner ersten Show. Ich konnte es kaum glauben.

Ich musste mich von seinem Anblick losreißen, denn Mona ging bereits zurück. Also machte ich meine Drehung und mit zwei raschen, unvorschriftsmäßigen Schritten holte ich sie wieder ein. »Ras doch nicht so«, zischte ich sie an. Wir drehten uns in der Mitte des Catwalks noch einmal um und zogen dabei unsere Jacken aus. Dann warfen wir sie – Mona mehr, ich weniger – lässig über die Schulter und gingen in die Reihe zurück.

Während die anderen beiden Mädchen aus unserer Gruppe liefen, blickte ich ständig zwischen Meik und Percy hin und her. Was für unterschiedliche Typen. Wie konnte es sein, dass ich mich in beide gleichzeitig verknallt hatte?

Ich überlegte immer noch, als wir alle nochmals in einer Diagonale aufliefen, fand jedoch einfach keine Antwort. Es ist, wie es ist, dachte ich und summte den Jennifer-Lopez-Hit mit, den Ali aufgelegt hatte. *Love don't cost a thing!*

Beim Umkleiden für unser vorletztes Bild geriet ich dann echt mit Mona aneinander. Sie war offenbar mit ihren Sachen nicht zufrieden und hatte sich einfach mein Outfit angezogen. Dabei beteuerte sie scheinheilig, dass es wirklich nur ein Irrtum gewesen sei.

»Es tut mir ja so Leid, Shalima, echt, ich weiß gar nicht, wie das passieren konnte.«

Weil die Zeit drängte, war daran nichts mehr zu ändern und Shalima verlangte von mir, in Monas Sachen zu laufen. Es waren lauter beige Teile, die zu meinen blonden Haaren absolut fade aussahen, während Mona in meinem roten Top und einer wild gemusterten Glitzerhose ein echter Hingucker war. Na warte, dachte ich, das zahle ich dir heim.

Die Gelegenheit bot sich gleich im Anschluss, als wir mit den Jungen liefen. Mona trug eine Wickeljacke, die hinten mit einem Band zugebunden wurde. Damit sie die Jacke bei der Präsentation schnell ausziehen konnte, musste das Band mit einem ganz speziellen Knoten gebunden werden. Zipp, und schon war er auf. Als wir im Backstage-Bereich auf unsren Auftritt warteten, konnte ich meine Finger einfach nicht davon abhalten, die beiden Bandenden noch einmal umeinander zu schlingen. Und so blieb der Knoten – zipp – leider zu und Mona gab eine ziemlich unglückliche Figur ab, als sie immer wieder daran zog, weil sie es nicht wahrhaben wollte.

Schließlich zischte Ivo: »Mensch, lass das blöde Teil, du schmeißt die ganze Choreografie!«

Natürlich hatte sie mich in Verdacht und schaute mich entsprechend an, aber da sie nichts beweisen konnte, badete ich meine Hände in Unschuld und sagte nur bedauernd und mehr für Shalimas Ohren bestimmt: »Wirklich schade, Mona, das hat fast die ganze Choreografie geschmissen. Du musst deine Sachen einfach vorher besser kontrollieren. Wenn ich dir dabei irgendwie behilflich sein kann?«

Wären ihre Blicke Messer gewesen, sie hätten mich erdolcht.

Vorm Finale war ich bereits ziemlich groggy, da die Umzieherei wirklich stressig war. Ich hatte ein dünnes Seidentuch mitgebracht, das ich mir über die Hochfrisur legte, wenn ich ein Kleidungsstück über den Kopf ziehen musste. Es verhinderte, dass sie völlig ruiniert wurde. Immer wieder ermahnte uns Shalima zudem, kein Make-up in die Klamotten zu schmieren, was bei der Hektik des Umziehens nur zu schnell passieren könnte.

Der ganze Stress hinter den Kulissen hatte allerdings dazu geführt, dass ich auf dem Laufsteg fast überhaupt nicht mehr nervös war. Vielmehr empfand ich es als Erleichterung, dort in geordneten Bahnen schreiten zu können und für wenige Minuten dem Backstage-Chaos entkommen zu sein. Und weil das insgesamt meine

Stimmung hob und darum mein Lächeln mehr und mehr von innen kam, hatte ich das Gefühl, beim Publikum zunehmend gut anzukommen. Und als unser großes Finale einen Riesenapplaus erhielt, fand ich, dass ich davon auch eine gehörige Portion verdient hatte.

»Ich werde Model«, sagte ich zu Debbie. »Auf jeden Fall.«

Auch wenn ich eine ganze Reihe von Leuten nach diesem ersten Tag hasste. Das Modeln begann ich zu lieben.

Zu Hause beging ich dann den Fehler, Papa, der mal wieder für eine Stippvisite im Lande war, etwas zu euphorisch von der Modenschau zu berichten. Im Überschwang der Gefühle äußerte ich auch unvorsichtigerweise meinen Wunsch, Model zu werden. So sah er es als seine väterliche Pflicht an, mich wieder auf den »Boden der Vernunft«, wie er es nannte, zurückzuholen.

»Wenn deine Mutter ihre Aufgaben als Erziehungsberechtigte derart vernachlässigt«, meckerte er, »dann muss ich dir eben Grenzen setzen und deinen Blick auf die Realitäten lenken. Du wirst dich mal wieder ein bisschen mehr auf deine Schule konzentrieren, damit du zu gegebener Zeit einen vernünftigen Abschluss machst. Diesen Modelunfug schlag dir also bitte aus dem Kopf. Du hast genug Grips drin, um einen anständigen Beruf zu ergreifen.«

Hugh, ich habe gesprochen. Mein Vater der Oberhäuptling.

Im Grunde hatte ich ja nichts gegen den von ihm entwickelten Lebensentwurf, es störte mich nur, dass es meiner sein sollte und dass ich dabei so gut wie kein Mitspracherecht hatte. Demokratisch war das Ganze wohl kaum. Klar, dass sich mein Oppositionsgeist regte.

»Okay, mach ich«, sagte ich. »Dann gibst du jetzt aber bitte deinen Job in Berlin auf, hörst auf, deine Kinder unmöglich zu machen, übst einen anständigen bürgerlichen Beruf aus, bist jeden Abend wie andere Väter zu Hause, spielst mit deinem Sohn Fußball und hilfst mir bei den Hausaufgaben.«

Die Retourkutsche kam an. Papa schwieg. Er war sauer, weil ich ihn wirklich an seiner Achillesferse getroffen hatte.

Er warf die Serviette auf den Tisch, sprang auf und sagte etwas zu laut: »Na gut, mach doch, was du willst, aber solange du deine Füße unter diesen Tisch streckst, wirst du nicht Model! Nur über meine Leiche!«

Mam unterdrückte ein Kichern und der Keks prustete raus: »Wollt ihr euch duellieren? Kann ich dein Sekundant sein?«

»Nimmt mich eigentlich überhaupt jemand in diesem Haus ernst?«, blaffte Papa.

Mam schüttelte verschmitzt grinsend den Kopf. »Nein, darum bist du ja Politiker geworden.«

Ich verzog mich in mein Zimmer und rief Franzi an. »Schade, dass du nicht kommen konntest«, sagte ich bedauernd, »dir ist echt was entgangen. Es war einfach riesig!«

Und haarklein erzählte ich ihr ohne Rücksicht auf die Telefongebühren, was ich alles erlebt hatte, einschließlich Monas Zickereien.

»… und stell dir vor, wer da gewesen ist!«, sagte ich zum Abschluss meines detaillierten Berichts.

»Wölfchen!«

Ich kicherte.

»Fast … Frau Ingrimm!«

»Nein, ist nicht wahr?«

Ich kicherte heftiger, weil sie mir tatsächlich auf den Leim gegangen war. »Quatsch, natürlich nicht Frau Ingrimm. Rate.«

Aber sie kam nicht drauf und so verriet ich es ihr mit äußerster Genugtuung. »Meik.«

Sie war begeistert.

»Ehrlich? Ich werd nicht mehr. Ich denke, er hat was gegen Modenschauen?! Da kannst du dir aber was drauf einbilden. Der Junge muss dich ja wirklich gerne haben.«

Was hätte ich am Ende eines solchen Tages Schöneres hören können!

Aber als ich dann im Bett lag, beschlich mich eine seltsame Unruhe und ein bohrender Gedanke ließ mich nicht los. Wie, wenn er vielleicht gar nicht meinetwegen, sondern wegen Mona gekommen war, dieser »megatoll aussehenden Dunkelhaarigen«, die sich jeden Morgen im vollen Bus an ihn quetschte? Vielleicht hatte sein versunkener Blick gar nicht mir, sondern ihr gegolten?

Ich musste Franzi noch mal sprechen.

»Mensch, Mädchen!«, raunzte sie mich an. »Ich entziehe dir die Lizenz zum Telefonieren!«

»Aber das ist ein ganz furchtbarer Gedanke! Ich werde die ganze Nacht kein Auge zumachen können!«

»Aha, und darum willst du auch mir den Schlaf rauben!«

»Meinst du, er ist nur wegen Mona gekommen, nicht wegen mir? Bitte, sag es ehrlich!«, flehte ich, ohne auf ihre muffige Bemerkung einzugehen.

»Ja, ganz sicher! Er ist wegen Mona gekommen und findet dich absolut bescheuert! Genau wie ich! Gute Nacht!«

Hatte sie mich doch einfach abgehängt!

Ich warf mich zurück in die Kissen und bereitete mich seelisch auf eine zergrübelte Nacht vor, als mein Handy eine SMS ankündigte.

*Du warst wunderschön. Ich bin eifersüchtig auf jeden Typen, der dich außer mir noch ansehen durfte. Meik*

Hm. Also war er wohl tatsächlich meinetwegen gekommen. Aber ich müsste lügen, wenn ich behauptete, über diese SMS völlig glücklich zu sein. Entweder hatte er sich wirklich total in mich verknallt oder er hatte ein Problem: übertriebene Eifersucht!

# Laufstegträume

»Sprich mit ihm«, riet mir Lea am nächsten Morgen in der Schule. »Vielleicht hat er sich nur nicht richtig ausgedrückt. Du weißt doch, SMS-Nachrichten haben da oft ihre Tücken.«

Aber Franzi warnte: »Eifersüchtige Jungs sind das Letzte!«

Woher sie das nun schon wieder wusste? Aber meine Freundinnen hatten ja Recht. Ich musste wirklich rauskriegen, ob Meik mehr seine Verliebtheit in mich oder eher die Eifersucht zur Modenschau geführt hatte.

Am Nachmittag tauchte er tatsächlich schon wieder auf. Er lehnte an der gleichen Säule und beobachtete jeden meiner Schritte. Erst hatte ich mich ja spontan gefreut, ihn zu sehen, aber als er beim dritten Vorführtermin immer noch dort rumstand, ging mir das doch etwas auf den Keks. Verknalltsein ist ja schön und gut, aber ein Typ, bei dem frau das Gefühl hat, ständig überwacht zu werden, ist doch wohl der Horror.

Ich versuchte zweimal, ihn gleich nach der Show abzufangen, um die Sache in Leas Sinne mit ihm zu besprechen, aber bis ich mich umgezogen hatte, war er immer schon verschwunden.

Peinlich war, dass er inzwischen auch anderen auffiel, und als Percy mich in der Umkleide auf ihn ansprach, war mir das sehr unangenehm.

»Ist das dein Macker oder der von Mona?«, fragte er, weil ihm offenbar auch nicht entgangen war, dass Meik bei unseren Auftritten stets Stielaugen kriegte.

Klar, dass ich mir diese Gelegenheit nicht entgehen ließ, Monas Chancen bei Percy ein bisschen herabzusetzen.

»Ich glaube, er ist Monas Freund«, sagte ich kalt lächelnd. »Jedenfalls flirtet sie immer auf dem Schulhof mit ihm.«

Grins! Das war doch mal wirklich eine coole Aktion. Bestimmt hatte er jetzt kein Interesse mehr an ihr und nur noch Augen für mich.

Was den Wettbewerb anbetraf, hatte inzwischen auch mich der Ehrgeiz gepackt und ich machte mir Hoffnungen, vielleicht sogar einen Modelvertrag abzustauben. Schuld an meinen Laufstegträumen war eigentlich Percy. Er hatte ja schon öfter gemodelt und war fest entschlossen, mit dieser Veranstaltung seine Profikarriere zu starten.

»Ich hole hier den ersten Preis und dann kann Frau Berger an mir nicht mehr vorbei«, hatte er vorgestern beiläufig gesagt, als wir auf unseren Auftritt warteten. Er grinste, weil ich ihn so ungläubig ansah, und meinte aufmunternd: »Du solltest dir das auch mal durch den Kopf gehen lassen. Bei deinem Aussehen und deinem

Charme. So schnell kannst du in keinem anderen Job dickes Geld machen.«

»Du willst mich verklapsen«, erwiderte ich.

Aber er schüttelte den Kopf. »Nee, echt nicht. Du und Mona, ihr habt eine total gute Ausstrahlung. Ihr könntet es echt weit bringen in diesem Geschäft.«

Ich hätte mich ja nun sehr geschmeichelt fühlen können, doch ich hatte nur Ohren für das Reizwort Mona. Wie bei dem pawlowschen Hund ein bestimmter Hinweisreiz, zum Beispiel ein Glöckchen, den Speichelfluss auslöst, so sammelte sich bei mir der Geifer, wenn ich ihren Namen hörte. Es war wirklich ätzend, dass sie mir ständig und überall Konkurrenz machte.

Trotzdem, Percys Worte hatten Hoffnungen in mir geweckt. Immerhin lief ich ja inzwischen wirklich ganz gut und auf keinen Fall schlechter als die anderen. Das bestätigte mir auch Mam, mit der ich in der Pause zwischen zwei Shows schnell einen Möhrensaft bei der Vita-Quelle schlürfte.

»Du siehst wirklich elegant aus und bewegst dich sehr gut«, lobte sie und mein Bruder, kommentierte mit seiner Lieblingsvokabel: »Voll geschmeidig!«

Weil Mam den Keks heute mit zur Modenschau genommen hatte, beauftragte ich ihn, sich Percy einmal gründlich anzusehen, damit er mir nachher seine Meinung zu ihm sagen konnte.

»Und«, fragte ich, kaum dass wir zu Hause waren, »wie findest du ihn?«

»Oberaffengeil!«

»Und was heißt das auf gepflegt Hochdeutsch?«

»Kein schlechter Typ. Der kommt garantiert in die Hochglanzmagazine.«

»Ich wollte nicht wissen, wie du ihn als Model einschätzt, sondern wie du ihn als Mann findest?«

Der Keks kriegte wieder diesen spekulativen Ausdruck in den Augen. »Also ich finde ihn cool. Reicht dir das?«

Na ja, die ultimative Aussage war das ja nun auch nicht, aber in seinem Vokabular kam das einem Lob ziemlich nahe.

»Drei Sterne oder vier Sterne?«, fragte ich zur Absicherung dieser Erkenntnis.

»Vier plus«, sagte er gnädig. »Willst du was mit ihm anfangen?«

Och, der Kleene wieder! So was musste man sich nun als ältere Schwester anhören.

Leider mochte Franzi Percy überhaupt nicht, obwohl sie ihn nur aus meinen überschwänglichen Erzählungen kannte, und wollte ihn mir bei unserem Gutenacht-Telefonat mit aller Gewalt ausreden.

»Was ist der Typ? Student? Und der will Dressman werden? Was willst du denn mit so einem anfangen!? Ist der nicht viel zu alt für dich? Wie alt ist er denn eigentlich?«

»Neunzehn. Er ist im zweiten Semester. Du brauchst ihn also nicht für ganz blöd zu halten. Außerdem kann er ja Studium und Modeln unter einen Hut bringen.«

Sie schwieg.

»Du musst ihn dir einfach mal ansehen. Es ist sowieso eine Schande, dass du mit den *Pepper Dollies* noch nicht bei einer einzigen Show gewesen bist!«

»Stimmt«, gab Franzi reumütig zu, »aber es ist echt schwierig, einen Termin zu finden, wo wir alle können. Trotzdem, ich kümmer mich jetzt ernsthaft drum. Morgen wirst du vor Schreck vom Laufsteg kippen, weil wir den Catwalk umlagern und unser Beifall dich umhaut.«

Vermutlich hatte mich ihr plötzliches Engagement überrumpelt, denn obwohl ich es eigentlich für mich behalten wollte, gestand ich ihr unvorsichtigerweise: »Hör mal, ich hab mir überlegt, dass ich Model werden will.«

»Wie bitte?« Nun war sie aber doch perplex. »Hat dir dieser Percy den Floh ins Ohr gesetzt? Das ist doch nicht dein Ernst!«

»Und warum nicht? Frau Berger hat erzählt, dass sie eine Reihe von Models hat, die erst vierzehn sind, und die laufen sogar in Berlin und Hamburg. Die kriegen für einen Tag tausend Mark!«

Franzi verschlug es bei dieser Summe zwar kurzfristig die Sprache, aber sie fing sich gleich wieder. »Du bist erst dreizehn und so viel Geld kriegt man nur, wenn man top ist.«

Ich war beleidigt. »So, du traust mir also nichts Großes zu! Kein Wunder, du hast mich ja noch nie auf dem Laufsteg gesehen.«

»Ich hol es ja morgen nach«, lenkte sie ein, »und dann können wir meinetwegen das Thema noch mal vertiefen.«

Ich schluckte meinen Ärger runter. »Okay, ihr müsst aber auch wirklich kommen.«

»Versprochen«, sagte Franzi und bevor sie auflegte, erinnerte sie mich noch: »Vergiss nicht, dass wir morgen früh die Englischarbeit schreiben.«

Ach du geföhnter Eisbär! Das hatte ich ja total verschwitzt.

Ich kramte mein Englischbuch aus dem Schulrucksack und versuchte mir noch ein paar Vokabeln und Grammatikregeln reinzubimsen. Schließlich fielen mir die Augen zu und ich schlief über dem Buch ein.

Es war der Horror! Miss-Stress Ingrimm hatte mal wieder jede Menge Grammatik in den Englischtest gepackt und mir brach bereits nach zehn Minuten der Schweiß aus. Wenn ich Model wurde, brauchte ich weder diese blöden Vokabeln zu wissen noch was eine *progressive form* war!

Mein Blick schweifte vom Heft ab zum Fenster. Regen prasselte gegen die Scheibe und lief in langen nassen Schleiern daran herunter. Wie ein leicht verschwommenes Spiegelbild in einem Teich tauchte plötzlich Percys Gesicht auf.

»Du solltest wirklich Model werden«, sagte er mit sanfter Stimme. »Wir gewinnen den Wettbewerb und dann starten wir unsere Karriere!«

Wie verlockend das klang. Unsere Karriere. Was für ein romantischer Gedanke, mit ihm auf und davon zu gehen, Schule, Englischtest, Frau Ingrimm und Wölfchen – all das hinter mir zu lassen und ein aufregendes Laufstegleben in den Metropolen der Welt zu führen. Supermodel zu sein, an seiner Seite Paris, Mailand und New York zu entdecken ...

»Kann ich bitte auch dein Heft haben?« Frau Ingrimm stand neben mir und griff nach meiner Arbeit.

»Aber ... aber ich bin doch noch gar nicht fertig«, stotterte ich und fand nur mühsam aus meinen Laufstegträumen zurück in die triste Wirklichkeit des Klassenraums.

»Das ist dein Pech. Es hat bereits geläutet. Mehr Zeit kann ich dir leider nicht geben.«

Ich schlug frustriert das Heft zu und reichte es ihr. Das war garantiert in die Hose gegangen.

In der Mittagspause lief mir unverhofft Meik über den Weg. Als ich ihn so nah vor mir stehen sah, fand ich ihn einfach umwerfend. Diese widerspenstigen blonden Haare, diese treublauen Augen ... und ... ach, er wirkte einfach cool!

Was er sagte, war dann allerdings nicht ganz so cool. »Du lebst wohl nur noch für deine Modenschau?!«

»Wie kommst du denn darauf?«, fragte ich etwas unfreundlich, weil es wie ein Vorwurf geklungen hatte.

»Na ja, man kriegt dich ja nur noch auf dem Laufsteg zu Gesicht.«

Leas Worte fielen mir ein: Sprich mit ihm ...

»Kannst dich ja mit mir mal woanders verabreden, wenn dir das nicht genügt«, sagte ich und zack! hatte ich ein Date mit ihm am Hals.

»Okay, dann machen wir es doch gleich fest.« Er ließ diesmal nichts anbrennen. »Wie wär's denn mit Kino heute Abend? Darfst du denn noch in die Zwanzig-Uhr-Vorstellung?«

Darfst du noch! Durfte ich sicher nicht, aber Mam

hatte heute einen auswärtigen Termin und würde sicher erst gegen Mitternacht heimkommen. Wenn ich den Keks mit einer Juniortüte Junk-Food von McBurger bestach, würde er schon nichts verraten. Also akzeptierte ich Meiks Vorschlag und er verabschiedete sich mit einem seltsam glücklichen Lächeln im Gesicht.

»Wir sehen uns dann heute Abend im Cinemaxx. Ciao, Kiki.«

Richtig nett hatte mein Name aus seinem Mund geklungen. Fast so schön wie das »Ciao, Bella!« von Percy.

Am Nachmittag kam Franzi tatsächlich mit den *Pepper Dollies* zur Show. Meik hingegen ließ sich diesmal nicht blicken. Es genügte ihm wohl, mich am Abend zu treffen.

Als ich die Umkleide betrat, sah ich, wie sich Percy über Monas Nacken beugte und sein Gesicht fast in ihren langen dunklen Haaren vergrub. Als sie mich eintreten hörten, fuhren sie auseinander und er fummelte übertrieben auffällig am Nackenverschluss ihres Tops herum. Ich starrte die beiden zornig an. Sollte zwischen ihnen doch etwas laufen?

Ich hatte inzwischen meine eigene Einstellung zum Modeln gefunden und versuchte, nicht nur ein wandelnder Kleiderständer zu sein, wie Meik das abwertend genannt hatte. Vielmehr stellte ich mir vor, eine zur jeweiligen Mode passende Rolle zu spielen, sobald ich ins Scheinwerferlicht des Laufstegs trat.

Das klappte tatsächlich. Und ich stellte zu meinem Vergnügen fest, dass ich die Zuschauer wirklich dazu bringen konnte, genau die Person in mir zu sehen, die ich gerade sein wollte. Trug ich Alltagsoutfit mit Jeans und T-Shirt, dann stellte ich mir vor, ich wäre Mams »Mädchen von nebenan«, trug ich große Robe und »big hair«, gab ich mich edel und stylish und mimte Dame von Glitzerwelt!

Hach, was war ich wieder reich und schön!

Heute schlüpfte ich für das zweite Bild in ein superknappes pinkfarbenes Bustier und eine grau-pink geringelte Hose. Dazu gehörte als Tüpfelchen auf dem i ein grünes Jäckchen aus Schlangenimitat. Absolut der letzte Schrei, aber sehr gewöhnungsbedürftig. Als ich das Zeug auf dem Garderobenständer hängen sah, hätte ich zunächst am liebsten Reißaus genommen. So was konnte doch kein anständiger Mensch anziehen. Da kam ich mir ja wirklich wie eine Oberschnitte vor.

Aber was half alles Meckern! Die Sachen mussten auf den Laufsteg. Jetzt war mir auch klar, warum nur Menschen mit einem starken Selbstbewusstsein Models werden konnten. Schaut mich an, Leute, die Sachen, die ich vorführe, sind zwar krass, aber bin ich nicht trotzdem die Schönste im Land?

»Los, los, rein in die Klamotten!«, drängte Shalima. »Nicht so zimperlich! Ihr habt keine Ahnung von Mode! In Berlin laufen die Leute so ständig auf der Straße rum. Legt einfach mal euren Provinzgeschmack ab.«

Als wir dann fertig waren und auf den Laufsteg kletterten, musste ich meine Vorstellungskräfte allerdings reichlich strapazieren. Schließlich beschloss ich, mir das Image von Britney Spears zu leihen und trotz freigelegten Bauchnabels mit dem Anspruch sauberer Unnahbarkeit aufzutreten.

Der Beifall des Publikums gab mir hinsichtlich dieser Entscheidung Recht. Und auch meine Freundinnen klatschten begeistert mit. Offenbar war ich wohl eine einigermaßen talentierte Schauspielerin.

Es wäre somit alles okay gewesen, wenn Mona sich nicht wieder mal ganz unabsichtlich verlaufen hätte. Statt nach der letzten gemeinsamen Drehung in der Mitte mit mir abzugehen, stolzierte sie doch einfach noch einmal zurück bis vorne an den Laufstegrand, zog dort ihre Lack-Jacke wieder an und spazierte breit grinsend zum Abgang, wo sie sich zu allem Überfluss unter Sonderapplaus noch einmal zum Publikum drehte und mit einer leichten Kopfbewegung ihre Haare herausfordernd in den Nacken warf.

Shalima hatte beim Punkteaufschreiben offenbar überhaupt nichts mitgekriegt, denn sie raunzte mich plötzlich an: »Warum hängst du denn schon hier unten rum? Zu früh abgegangen, was? Pass besser auf, nächstes Mal.«

Das war ja wohl die Höhe. Mona machte, was sie wollte, und ich kriegte den Anschiss. Aber Protestieren, das hatte ich schon mitgekriegt, hatte bei Shalima überhaupt keinen Zweck. Das gab nur noch zusätzliche Punktabzüge wegen Unkollegialität.

»Diese blöde Zicke von Mona«, schnaubte ich. »Aber die soll nur aufpassen, sonst führ ich sie mal vor, dass sie sich wundern wird.«

»Hast du was Bestimmtes vor?«, fragte Debbie neugierig.

Ich zuckte die Schultern. »Mal sehen.« Mir würde schon was Fieses einfallen.

Erstaunlicherweise unterstützte Percy mich.

»Das darfst du dir nicht bieten lassen«, sagte er. »Ein kleiner Dämpfer könnte ihr nicht schaden. Sie sieht sich wohl schon als Siegerin.«

Wenn sie sich da mal nicht täuschte. Da wollten auch noch andere mitmischen.

Vor unserem nächsten Auftritt begann Mona plötzlich hektisch nach ihren Schuhen zu suchen und kriegte fast einen Heulkrampf, weil sie nirgends zu finden waren und sie nicht laufen konnte. Shalima pfiff sie fürchterlich zusammen, weil jeder für die Vollständigkeit seiner Sachen selbst verantwortlich war.

»Was kann ich dafür, wenn hier geklaut wird!«, versuchte sie sich zu rechtfertigen, machte damit aber alles nur noch schlimmer, weil sich nun alle Mädchen angegriffen fühlten.

Ich war froh, dass ich auf den Laufsteg musste. Es war mir geradezu ein Genuss. Denn statt mit der zickigen Mona durfte ich mit dem süßen Percy laufen, der schnell für sie eingesprungen war.

Ich trug zum ersten Mal ein Kleid. Knöchellang und sehr körperbetont geschnitten, und das ohne Wonderbra!!!

»Bin ich dafür nicht viel zu jung?«, fragte ich Frau Berger verunsichert.

Aber sie meinte nur: »Wer fragt denn schon nach dem Alter?! Eleganz, Mäuschen! Hierfür braucht es die Haltung einer Königin, und die hast du. Schultern zurück und los jetzt!!«

Und Percy flüsterte mir auf der Treppe zu: »Das wird unser Mega-Punktebringer. Lass mich nur machen!«

Na denn!

Wir kriegten tatsächlich einen Mega-Applaus, denn am Ende wirbelte Percy mich herum wie ein Tangotänzer, zog mich eng an sich ran, bog meinen Oberkörper weit zurück und gab mir einen Kuss direkt auf den Mund. Gott, stieg mir in diesem Moment das Blut in den Kopf. Mal wieder völlig überflüssig, das Rouge der Visagistin! Wie toll, dass grade heute meine Freundinnen da waren und diesen Triumph miterlebten. Wenn Franzi Percy nun nicht genauso super fand wie ich, litt sie an Geschmacksverirrung!

Wer auch immer Monas Schuhe hatte verschwinden lassen – mein Dank war ihm gewiss. Natürlich verdächtigte Debbie mich. Aber mein Gewissen war rein wie mit Ariel gewaschen.

»Ich war es nicht, ehrlich«, beteuerte ich.

Es stellte sich dann, nachdem extra Ersatzschuhe für Mona geholt worden waren, heraus, dass jemand ihr Paar einfach in den Mülleimer geworfen hatte.

»Bestimmt die Putzfrau«, sagte Miss Öd-Gesicht Cindy mit einem ziemlich scheinheiligen Unterton in der Stimme. Worauf ich vermutete, dass sie vielleicht selbst die Übeltäterin gewesen war. Offensichtlich war ich nämlich längst nicht mehr die Einzige, die in Mona eine unerwünschte Konkurrenz sah, und so, wie die Dinge lagen, würde auch ich in den nächsten Tagen ein wenig auf der Hut sein müssen.

Nach der letzten Show ging ich noch schnell mit meinen Freundinnen einen Möhrensaft schlürfen. Wir standen an den Stehtischen der Vita-Quelle, als Percy und Ivo an uns vorbeischlenderten.

»Ciao, Bella!«, rief Percy lässig und es war mir eine innere Genugtuung zu sehen, wie alle *Pepper Dollies* sich den Hals nach ihm verrenkten. Er sah aber auch zu gut aus.

»Ich kann dich verstehen«, sagte Lea, »das ist ja wirklich ein toller Typ. Wirkt echt saunett!«

Franzi hingegen, die offenbar immer noch Bedenken in Bezug auf Percy hatte, meinte mich gleich wieder an Meik erinnern zu müssen. »Was ist mit ihm? Willst du ihn Mona überlassen? Lea hat ihn heute mit ihr im Bus gesehen – in sehr angeregter Unterhaltung über die Modenschau.«

»Ja, er hat ihr total süße Komplimente gemacht!«, fiel Lea ein.

Natürlich war ich von dieser Mitteilung gar nicht erbaut. Auch wenn ich Mona heute bei Percy ausgestochen hatte, wollte ich ihr deswegen doch Meik nicht überlassen. Schließlich kamen beide in meine engere Auswahl und solange ich mich noch nicht entschieden hatte, sollte sie ihre Griffel gefälligst von ihnen lassen.

»Also, ich gehe heute mit Meik ins Kino«, brachte ich meine Freundinnen erst mal zum Staunen. »Da werde ich ihm, was Mona angeht, mal auf den Zahn fühlen.« Und bei mir dachte ich, ich werde bohren, notfalls bis auf den Nerv.

Aber dazu kam es nicht. Als ich Meik am Cinemaxx traf, hatte er schon Karten und Popcorn besorgt und weil ich irgendwie doch ein bisschen aufgeregt war, vergaß ich ganz, ihn nach dem Film zu fragen. Es war die Zwanzig-Uhr-Vorstellung und die Vorführung begann mit einer eindrucksvollen Lasershow. Als der Raum völlig eingenebelt war, bekam ich plötzlich bei den schönsten 3-D-Effekten einen heftigen Hustenanfall und drohte nahezu am Popcorn zu ersticken. Welch tragisches Ende dieser kaum begonnenen Romanze!

Meik klopfte mir zaghaft auf den Rücken, aber das half gar nichts, ich keuchte und keuchte, bis mir die Tränen über das Gesicht liefen. Ich hätte mich wegschmeißen können, so was Peinliches aber auch wieder.

Irgendwie musste ich wohl heftig aufgestöhnt haben, denn er legte tröstend seinen Arm um mich und flüsterte: »Ist doch nicht schlimm, hast dich bestimmt am Popcorn verschluckt, was?«

Erschöpft lehnte ich mich an seine Schulter und schloss die Augen. Der Tränenstrom versiegte alsbald, der Qualm verzog sich, der Film begann. Aber – mein Kopf blieb an seiner Schulter liegen, sein Arm hielt mich sicher und fest.

Irgendwann streichelten seine Finger sanft über mein Haar. Seine Hand war warm und seine Berührung angenehm. Ein wohliges Gefühl der Geborgenheit hüllte mich ein, der Stress der letzten Tage, selbst der Zirkus mit Mona, alles wich aus meinen Gedanken. Ich fühlte mich wie ein fettes, rosa Marshmallow. Und da begann Meik an mir zu naschen.

Was in dem Film vorkam, wie er endete und wie ich anschließend nach Hause gelangt war, wusste ich nicht mehr so genau. Meine letzte Erinnerung war eine Umarmung am Gartenzaun und ein ziemlich langer Abschiedskuss.

Als ich meine Nachttischlampe löschte, beschäftigten

mich zwei Fragen, bevor ich in tiefen Schlummer fiel: War ich nun eigentlich mit Meik zusammen? Und was war mit Percy? Irgendwie hatte ich voll das schlechte Gewissen, denn es ging doch echt nicht, dass ich in zwei Jungen gleichzeitig verliebt war!

»Hormone, nichts als Hormone!«, sagte Franzi altklug, als ich am nächsten Tag in der Schule den *Pepper Dollies* das Problem schilderte. »Warum sollen sie nur mit den Kerlen durchgehen!«

Och, nee! Als Hormonsklavin fand ich mich aber völlig falsch besetzt. Wo blieb denn da die Romantik? Feine Fäden spinnende Schicksalsgöttinnen fand ich doch viel poetischer und selbst der kleine geflügelte Typ mit Pfeil und Bogen war sehr viel romantischer als diese allenfalls im Biounterricht angebrachte Hormontheorie.

»Gefühle kommen aus der Seele«, sagte auch Lea, »das lässt sich nicht einfach auf biologische Prozesse reduzieren. Liebe ist viel, viel mehr.«

Genau. Das Mädchen hatte Recht. Hormone, das klang irgendwie steril und aseptisch und egal, was die Liebe nun wirklich war, so viel wusste ich jetzt aus eigener Erfahrung, steril und aseptisch war sie jedenfalls nicht. Allenfalls in diesen Hochglanzzeitschriften, aber nicht im wirklichen Leben, im echten Zusammentreffen von Junge und Mädchen.

»Ach, übrigens ...« Franzis Informationshunger war noch längst nicht gestillt. »Habt ihr euch denn endlich geküsst?«

»Nee, wir haben Däumchen gedreht!«, sagte ich,

aber als mich alle *Pepper Dollies* irritiert anstarrten, fügte ich kichernd hinzu: »Natürlich haben wir uns geküsst.«

»Und? Wie war es?«

»Feucht.«

Franzi war enttäuscht.

»Klingt ja nicht sehr romantisch.«

»War es eigentlich auch nicht«, gestand ich und in schöner Offenheit fügte ich hinzu: »War irgendwie ein ziemliches Gesabbere.«

»Ach du liebes bissje!«, stöhnte Greetje.

Alle *Pepper Dollies* giggelten peinlich berührt los. Offenbar hatten sie sich Zungenküsse etwas anders vorgestellt. Ich ja eigentlich auch.

»War's so schlimm?«, fragte Lea mitfühlend.

»Was heißt schlimm? Es war ... nein ... schlimm war es nicht. Es ... es war ...« Ich suchte nach dem passenden Wort, aber es war gar nicht so einfach, dieses fremdartige Gefühl zu beschreiben, ohne dass es einfach nur profan klang. Es war nämlich nicht profan, es war schon irgendwie besonders, aber es war auch nicht das Traumereignis, das Bücher und Zeitschriften einem verhießen.

»Hm«, sagte ich schließlich zu meinen erwartungsvollen Freundinnen, »ich kann's nicht beschreiben. Es war überraschend und fremd und schön und auch ein bisschen ... äh ... feucht eben. Also, irgendwie wurde es aber mit der Zeit immer besser ...«

Ich brach ab. Meine Güte, wieso stümperte ich bloß so herum?

Franzi zog aus meiner sprachlichen Unfähigkeit sogleich ihre Schlüsse. »So, wie das klingt, ist er bestimmt nicht der Richtige!«

Was denn, er auch nicht? Erst machte sie mir Percy madig und nun auch noch Meik?

Aber Lea meinte: »Vielleicht muss man das Küssen ja üben. Jeder denkt, man verliebt sich, küsst sich, fertig. Alles perfekt. Vielleicht ist es ja ganz anders und auch Küssen verlangt Übung.«

Dafür sprach einiges. Schließlich hatte ich im Verlauf des Abends ja auch das Gefühl gehabt, dass es zwischen Meik und mir immer besser klappte, und der Abschiedskuss am Gartenzaun war schon gar nicht so übel gewesen.

Die Erinnerung daran hatte wohl einen überirdischen Glanz auf mein Gesicht gezaubert, denn Lea sagte ganz plötzlich: »Also, so schlecht kann das gestern aber nicht gelaufen sein, du siehst ganz schön verliebt aus!«

Ich seufzte und hatte das Gefühl, dabei rot zu werden. »Meik ist schon ein Süßer ...«

Irgendwie war dann plötzlich der vorletzte Tag der Modenschau gekommen und Abschiedsstimmung machte sich breit. Trotz des immer noch heiß tobenden Wettkampfes um die Punkte fanden viele es schade, dass bald alles vorbei sein sollte.

»Schade«, sagte ich zu Debbie, »dann werden wir uns nicht mehr jeden Tag sehen.«

Debbie nickte.

»Die Modenschau wird mir, glaube ich, richtig fehlen«, bekannte sie. »Ich hab mich mit meinem Tagesrhythmus schon ganz darauf eingestellt. Es wird bestimmt total langweilig werden.«

Sie hatte mir aus der Seele gesprochen. Auch meinem Alltag hatte die Modenschau einen richtigen Kick gegeben. Ich fragte mich, ob so was süchtig machen konnte? Die schicken Klamotten, Glamour-Make-up und raffinierte Frisuren? Würde nicht die totale Leere in meinem Leben ausbrechen, wenn ich das alles nicht mehr hatte? Kein tolles Styling, keine großen Auftritte, kein Publikum und kein Applaus? Sicher würden mir die vielen Komplimente der Jungen fehlen, vielleicht sogar die Zickereien der andern Mädchen. Über wen sollte ich ablästern ohne Miss Pferdegebiss und Miss Öd-Gesicht?

»Wird es mit dir und Percy denn weitergehen?«, fragte Debbie. »Immerhin hat er dich in aller Öffentlichkeit geküsst.«

Die Frage konnte ich ihr leider auch nicht beantworten. Schon gar nicht nach dem gestrigen Abend. Schließlich war Percy nicht der Einzige, der mich geküsst hatte. Wie schrecklich, dass ich mich so rasch für einen von den beiden entscheiden musste!

Ich schob diesen grausamen Gedanken gerade von mir, als Jost fragte: »He, ihr Hübschen, kommt ihr mit einen trinken? Wir wollen ein bisschen Abschied feiern. Morgen verläuft sich bestimmt alles gleich.«

Da konnte er Recht haben. All denen, die keinen Preis abbekommen hatten, würde bestimmt nicht nach Feiern sein.

»Wo wollt ihr denn hin?«, fragte ich.

»In Meiers Biergarten und dann mal weitersehen.«

Mam war heute Abend auch nicht zu Hause und Oma passte auf den Keks auf. Wenn ich ihr übers Handy Bescheid gab, konnte ich gut noch ein bisschen mitgehen.

Vielleicht war es die letzte Chance, Percy endgültig für mich zu gewinnen. Schließlich wohnte er ja auch hier in der Stadt und es sprach nichts dagegen, dass wir auch nach dem Ende der Modenschau zusammenbleiben könnten. Vielleicht würde es ja sogar der Beginn einer traumhaften gemeinsamen Karriere!

»Was meinst du, sollen wir mitgehen?« Debbie wirkte sehr unternehmungslustig.

»Kommt Mona auch mit?«, wollte ich von Jost wissen.

»Na klar«, sagte er. »Alle kommen mit.«

Na, dann! Und insgeheim hoffte ich, dass ich im Verlaufe des Abends eine Antwort auf die Frage erhalten würde, ob nun Percy oder Meik der Richtige für mich war. Aber dazu musste Percy mich noch einmal küssen!

Und zwar richtig – nicht nur *for show*!

Der Abend im Biergarten verlief auch total lustig, bis es kühl wurde und jemand vorschlug, die Lokalität zu wechseln. Einige wollten ins Salambo, andere ins Harlekin und einige ins Mmex.

»Na, dann fahr ich jetzt mal besser nach Hause«, sagte ich, »in eine Disko komme ich eh nicht rein.«

Das sahen die Jungs aber ganz anders. »Klar kommst du da rein. Wenn du mit uns gehst, lassen die dich hundertpro rein.«

Und Percy meinte mit abschätzendem Blick: »So, wie

du heute aussiehst, mit der ganzen Schminke, wirkst du doch viel älter als sechzehn. Und wenn du erst mal drin bist, kontrolliert doch eh keiner mehr.«

Ich war mir da allerdings gar nicht so sicher und fand das Ganze sehr gewagt. Deshalb beschloss ich meine Zusage davon abhängig zu machen, was Mona tat.

Sie schielte zu mir rüber, als Percy sie fragte. Vermutlich, weil sie das Gleiche dachte wie ich. Es war vielleicht für jede von uns die letzte Gelegenheit, Percy zu erobern, und wir wollten sie beide nicht an die andere aus der Hand geben.

»Ich geh mit«, sagte Mona in diesem Moment und schnell rief ich über den halben Tisch: »Ich auch!«

Wir fuhren ins Harlekin. Das war die angesagteste Disko in unserer Stadt und bekannt dafür, dass die Kontrollen eher lax gehandhabt wurden. Tatsächlich war es auch gar kein Problem, an den Türstehern vorbeizukommen. Die hielten eh nur nach Leuten Ausschau, die Hausverbot bekommen hatten, weil sie randaliert, mit Drogen gedealt oder geklaut hatten.

Percy gab mir ein Alster aus und obwohl da nur wenig Alkohol drin war, stieg meine Stimmung und ich wurde richtig locker.

Immer wenn Musik kam, auf der wir bei der Show gelaufen waren, stürzte die ganze Clique sofort auf die Tanzfläche und tanzte voll ab.

Percy verstand es dabei geschickt, mal mit Mona und mal mit mir zu tanzen.

»Echt, das ist wirklich krass«, sagte ich zu Debbie, »mal ich, mal sie. Was meinst du, welche von uns kann er mehr leiden?«

»Das ist schwer zu sagen«, gab Debbie grinsend zu. »Aber eins ist sicher. Sie ist genauso scharf auf ihn wie du!«

Gerade hatte ich ihn mal wieder für mich, als mich plötzlich jemand am Arm berührte. Ich sah mich um und ließ Percy erschrocken los.

Niemand anders als Meik stand plötzlich wie aus dem Erdboden gestampft neben mir auf der Tanzfläche. Himmel, wo kam der denn her? Ich war völlig verwirrt. Aber dann fiel mir ein, dass er ja schon sechzehn war und vermutlich in dieser Disko ein und aus ging. Wie blöd, dass er ausgerechnet heute hier sein musste. Das passte ja nun überhaupt nicht. Wenn er mir hier jetzt eine Szene machte! Das würde Percy ja bestimmt völlig abtörnen!

Meik machte mir zwar keine Szene, aber er bestand darauf, mich alleine zu sprechen.

»Hör mal, ich komm gleich wieder«, sagte ich verlegen zu Percy. »Ich muss nur mal kurz was regeln.«

Percy grinste anzüglich und meinte: »Aha, was regeln. Etwa mit Monas Freund?«

So ein Mist. Da hatte er meine Lügen ja voll durchschaut. Wahrscheinlich würde er sich jetzt sofort auf Mona stürzen, sobald ich außer Sichtweite war.

Aber als ich mich dann noch mal umdrehte, tanzte er mit Miss Öd-Gesicht Cindy. Na, dachte ich erleichtert, die kann mir wenigstens nicht gefährlich werden!

Ich ließ mich von Meik in eine Ecke hinter der Bar schleppen.

Als er mich fragte, ob er mir eine Cola spendieren dürfte, lehnte ich muffig ab.

»Was willst du?«, fragte ich. »Siehst du nicht, dass ich mit Freunden hier bin?«

»Aber du bist doch noch keine sechzehn«, sagte er, »du darfst hier eigentlich gar nicht rein.«

»Geht's vielleicht noch lauter?«, zischte ich ihn ungehalten an und sah mich um. Hoffentlich hatte niemand seine unvorsichtige Äußerung gehört. »Willst du mich damit jetzt erpressen?«

Er schaute unglücklich drein.

»Was du mir so zutraust!« Und mit traurigem Hundeblick fügte er hinzu. »War es denn für dich nicht schön gestern Abend?«

Oh Himmel, dieses Sensibelchen nun wieder!

»Doch, natürlich war es schön«, sagte ich und fügte neckend hinzu: »Besonders der Film!«

»Also, sag's doch gleich, du magst mich nicht!«, zog er schon wieder weitere Schlüsse.

Meine Güte! Was sollte ich denn nur mit ihm anfangen? Ich hatte wirklich keinen Bock, hier und jetzt eine tief schürfende Beziehungsdiskussion zu führen. Dazu fehlten mir auch noch ganz wesentliche Argumente, die ich mir dringend von Percy besorgen musste.

»Hör mal, ich mag dich sehr und es könnte sicher auch was aus uns werden, aber heute Abend bin ich mit meinen Modenschauleuten da und weil es unser letzter Abend ist, möchte ich den auch mit ihnen verbringen. Das hat mit dir und mir gar nichts zu tun.«

Er wirkte immer noch nicht zufrieden und sah auf seine Armbanduhr. »Es ist gleich Mitternacht«, sagte er, »musst du nicht nach Hause? Ich könnte dich bringen.«

Das war ja nun sehr lieb von ihm, aber ich wollte noch bleiben. Mindestens so lange wie Mona.

Das sagte ich ihm auch.

»Du solltest aber besser gehen«, versuchte er es jetzt mit Bangemachen. »Ab Mitternacht wird hier nämlich kontrolliert. Dann werfen sie dich sowieso raus. Alle, die jünger als achtzehn sind, müssen dann gehen. Ich auch.«

»Ach, die werden schon nicht so genau hinsehen!«, tat ich seinen Einwand ab.

Als er merkte, dass ich stur blieb, brach es plötzlich aus ihm heraus: »Gib doch zu, dass du nur wegen dieses Modenschautypen hier bleiben willst! Der macht dich doch schon den ganzen Abend an.«

Nun war ich aber perplex. Was war der Junge eifersüchtig! Wie hatte Franzi doch noch gesagt? Eifersüchtige Typen sind von Übel? Da konnte ich ihr aber jetzt aus vollstem Herzen zustimmen.

Und wirklich wütend sagte ich zu ihm: »Such dir einen Kettenhund zum Anbinden – ich eigne mich nicht dazu!«

Ich warf den Kopf in den Nacken, straffte die Schultern und stolzierte im stylishen Modelgang davon. Rolle: gekränkte Diva! »Meine Königlichkeit ist nur einen König wert und du ...«, summte ich dabei, »... bist gar nicht königlich!«

# Love don't cost a thing

Nach diesem Stress war es klar, dass ich dringlicher denn je eine Entscheidung herbeiführen musste. Durch ein zweites Alster mutig geworden, beschloss ich zur Tat zu schreiten. Jetzt oder nie!

Ich wollte mich gerade an Percy ranwerfen, als die Musik abrupt stoppte, das Licht anging und eine totale Hektik ausbrach. Ich sah auf die Uhr. Kurz nach Mitternacht.

»Hier ist alles voller Polizei«, schrie jemand und der DJ bestätigte die Hiobsbotschaft. Mit einem Versuch, die Gäste bei Laune zu halten, rief er ins Mikro: »Wir sollten die Kripo mal ordentlich begrüßen bei uns!«

Einige klatschten, andere rissen Witze und nur wenige regten sich auf.

»Klasse«, sagte neben mir ein Knabe, der wohl auch noch keine achtzehn war, »ich wollte schon immer mal auf die Polizeiwache!«

Der Galgenhumor verging ihm aber gänzlich, als der Ernst der Lage unübersehbar war. Überall tauchten nämlich Polizeibeamte in Uniform und in Zivil auf und begannen nach den Personalausweisen zu fragen. Na, prächtig, dachte ich, die würden ja einen Lachkrampf kriegen, wenn ich denen meinen Kinderausweis unter die Nase hielt.

»Die nehmen uns alle mit«, kreischte der Knabe nun und versuchte noch, einen Ausgang zu erreichen, wo ihn sich allerdings sofort einer der Beamten griff.

Ich begann nun auch, mich nach einer Fluchtmöglichkeit umzusehen. Und Debbie neben mir begann zu jammern. »Was machen wir denn nun, was sollen wir denn bloß machen?!«

Ein ebenfalls nicht sehr erwachsen aussehendes Mädchen machte auf cool und goss sich schnell noch den Rest aus ihrer Bierflasche in den Hals.

»Ist ja superlächerlich!«, sagte sie mit nicht mehr ganz fester Stimme. »Die können doch nicht alle hier festhalten.«

Sie konnten. Es kam wirklich keiner mehr raus.

Ich starrte auf die immer länger werdende Schlange von Leuten, die sich an einem Tisch vom Jugendamt registrieren lassen mussten.

»Können wir dann gehen, wenn die vom Jugendamt uns aufgeschrieben haben?«, wollten Debbie und ich wissen.

Jost wiegte bedenklich den Kopf. »Das glaub ich eher nicht. Ich denk mal, ihr müsst mit aufs Revier. Da können euch dann eure Eltern abholen.«

Mir war, als sei ich beim Haut-den-Lukas aus Versehen unter den Hammer geraten. In meinem Kopf tobte jedenfalls ein schmerzhaftes Gewitter. Oh Gott, was würde Mam dazu sagen – und Papa erst. Der durfte das auf keinen Fall erfahren.

Aber der Wunsch sollte wohl nicht in Erfüllung gehen, denn als ich kontrolliert wurde, sah mich die Polizeibeamtin durchdringend an. »Sieh an, sieh an, Kristina Siebert. Bist du nicht die Tochter des Bundestagsabgeordneten? Ich habe doch vor einigen Tagen ein Foto von eurer ganzen Familie in der Zeitung gesehen.«

Ach du Schreck! Das auch noch. Hatte ich nicht gleich ein dummes Gefühl bei diesem Fototermin gehabt?!

Die Beamtin wählte offensichtlich nicht Papas Partei, denn es klang nicht übermäßig freundlich, als sie sagte: »Ist dein Vater nicht Experte für Jugendpolitik? Der wird sich aber freuen, wenn er dich auf dem Revier abholen muss.«

Debbie klammerte sich an mich. Sie war nun voll am Heulen und die Schminke lief ihr in dicken Striemen über das Gesicht.

Die Luft war inzwischen stickig und aggressionsgeladen.

Eine Gruppe von unangenehmen Typen begann zu randalieren und Bierflaschen an die Wände zu werfen. Als sie von ein paar Polizisten abgeführt wurden, maulte der Anführer auch noch patzig: »Keep cool, Alter. Pfoten weg! Immer schön langsam, ich komme ja.« An seinem nicht mehr ganz graden Gang merkte man, dass er ziemlich betrunken war und offensichtlich die Lage nicht mehr ganz checkte.

Neben mir hörte ich eine Polizistin seufzen. »Das ist ja hier der reinste Kindergarten. Die kriegen wir doch gar nicht alle weg.«

»Vielleicht lassen sie uns laufen«, flüsterte ich Debbie hoffnungsvoll zu. »Für so viele Leute haben die bestimmt keinen Platz auf der Wache.«

Aber meine Hoffnung währte nur kurz. Ab ging es mit Mannschaftswagen auf die nächsten Polizeireviere.

Oh, diese Schande! Die würden uns wirklich in den Knast stecken! Erde, tue dich auf! Verschlinge mich!

Ich landete mit vielen Mädchen in einer ziemlich engen Zelle.

Wir mussten die Telefonnummern unserer Eltern angeben und dann begannen die Polizisten herumzutelefonieren.

Wer ein Handy hatte und mutig genug war, probierte nun selbst, seine Eltern zu erreichen und ihnen die Hiobsbotschaft nahe zu bringen.

Nach etwa zehn Minuten trudelten bereits die ersten aufgescheuchten Eltern ein und ein paar der Mädchen konnten die Zelle verlassen. Das war auch gut, denn es kam noch einmal Nachschub und es versöhnte mich ein wenig mit dem Schicksal, als ich sah, dass ein bekanntes Gesicht dabei war: Mona.

Na, wenigstens war die auch nicht davongekommen.

Sie hockte sich weit weg von mir auf eine Pritsche und starrte schweigend vor sich hin. Je mehr Mädchen abgeholt wurden, umso zuversichtlicher wurde die Stimmung. Es riss sogar schon mal wieder jemand einen Witz.

Die meisten Eltern nahmen den Vorfall ziemlich cool auf.

»Warum müssen Sie so einen Aufstand machen?«, sagte eine Mutter zu einer Polizistin. »Meine Tochter wird in zwei Wochen sowieso achtzehn. Die geht seit ihrem sechzehnten Geburtstag fast jedes Wochenende in diese Disko. Sorgen Sie lieber dafür, dass die Betreiber nicht mit ihren Freibierpartys die Jugendlichen zum Alkohol verführen!«

Es gab allerdings auch Eltern, die viel rabiater reagierten. Sie schrien die Mädchen regelrecht zusammen, drohten mit Hausarrest und Taschengeldentzug und beklagten die Unbequemlichkeit, dass sie ihr Kind mitten in der Nacht auf der Wache abholen mussten.

Natürlich war nicht ein einziger Bundestagsabgeordneter unter den versammelten Erziehungsberechtigten, dem die Tochter – so wie ich – den Wahlkampf ruiniert hatte. Keine Strafe würde schrecklich genug sein, um das wieder auszubügeln ...

Ein Mädchen nach dem anderen wurde abgeholt und als Debbie herausgerufen wurde, fühlte ich mich plötzlich total verlassen.

Hoffentlich ist Mam nicht noch bei ihren Kunden in Hannover, dachte ich. Wenn sie ihr Handy ausgeschaltet hatte, dann konnte ich hier echt versauern! Oma konnte ich nämlich mit dieser Sache nicht belästigen, denn die würde gleich Sodom und Gomorrha wittern und sich ohne Rücksicht auf ihr schwaches Herz maßlos aufregen. Außerdem schlief sie sicher schon und war für jedes Telefonklingeln taub.

Und dann waren alle weg. Außer mir und – Mona.

Das war ja nun eindeutig Strafverschärfung. Womit hatte ich das wieder verdient?

Sie saß immer noch am einen Ende der Zelle auf einer Pritsche, ich am anderen. Beide starrten wir auf den

Boden, um der anderen nicht ins Gesicht sehen zu müssen.

Was für eine bescheuerte Situation.

»So was Blödes«, fluchte ich schließlich, nur um etwas zu sagen. »Mein Vater bringt mich um!«

»Dann wäre ich dich ja endlich los!«, sagte sie grinsend.

Ich hatte wohl nicht richtig gehört?! Die war ja ein Herzchen! Selbst in dieser Situation war die ja noch frech wie Hundekacke!

»Freu dich nicht zu früh«, sagte ich, »meine Mutter hat da auch noch ein Wörtchen mitzureden und mein Bruder auch!«

»Meinst du diesen Gartenzwerg? Der in der Pause immer an dir dranhängt?«

»Mein Bruder ist kein Gartenzwerg!«, verteidigte ich den Keks. »Du hast wohl keine Geschwister?!«

Sie schüttelte den Kopf.

»Nee, das ist mir erspart geblieben. Dafür hab ich eine allein erziehende Mutter am Hals, die heute wieder auf irgendeinem Empfang rumsteht, während ihre Tochter im Knast versauern kann.«

Da geht es ihr ja genau wie mir, dachte ich und war wieder einmal verwundert, wie es so viel Ähnlichkeit zwischen uns geben konnte. Wir schwiegen uns erneut an.

Irgendetwas in der elektrischen Leitung tickte und knackte auf einmal, dann begann das Licht nervtötend zu flackern.

»Bald knallt die Birne durch.« Mona starrte die Lampe an.

»Meinst du, unsere Eltern kriegen jetzt Ärger mit dem Jugendamt? So von wegen Aufsichtspflicht verletzt und so?«

Mona hob die Schultern und ließ sie wieder fallen. »Keine Ahnung, aber die können ja schließlich für uns nicht rund um die Uhr einen Babysitter engagieren.«

Ich seufzte. »Mein Vater würde das fertig kriegen.«

Mona kicherte plötzlich albern. »Er ist doch Politiker. Vielleicht leiht er dir nächstes Mal einen von seinen Bodyguards.«

»Wenn der nett aussieht, warum nicht?« Ich kicherte auch und stellte mir einen muskelbepackten Bodyguard mit Percys süßem Gesicht vor.

Percy! Ich warf einen kritischen Blick auf Mona. Sie war immer noch meine Rivalin. Daran änderte auch unsere gemeinsame Knasterfahrung gar nichts. Sie wollte den Wettbewerb gewinnen und sie wollte Percy! Genau wie ich.

Ein Gedanke durchzuckte mich. Ob ich sie mal offen auf die Situation ansprechen sollte? Konnte ja nichts schaden. Schließlich war morgen beziehungsweise heute Nachmittag die Modenschau vorbei und er musste sich endlich entscheiden, mit welcher von uns er gehen wollte.

»Ähm, sag mal, Mona? Wegen Percy...«

Ihr Blick wirkte plötzlich hellwach und die Erschöpfung war einer lauernden Anspannung gewichen.

Ich stockte und setzte erneut an. »Also wegen Percy... bist du eigentlich in ihn verknallt?« Es war raus.

Mona schwieg. Wie konnte sie mich so zappeln lassen?

»Ich meine, hast du dich vielleicht in ihn verliebt?«
»Und du?«

Das war gemein, mit einer Gegenfrage zu antworten. Konnte sie nicht einfach Farbe bekennen? Ich fröstelte, denn es war ziemlich kühl in der Zelle – nicht nur stimmungsmäßig. Ich wollte nach Hause. Ich wollte in mein weiches, kuscheliges Bett. Ich griff den Gesprächsfaden wieder auf, um endlich Klarheit zu schaffen.

»Also, was mich angeht«, begann ich zögernd und überwand meine Abneigung, »ich hätte da schon ein gewisses Interesse.«

Mona sah zu Boden und malte mit dem Fuß imaginäre Linien und Kreise. Dann schien sie sich einen Ruck zu geben. »Ich auch«, gestand sie. »Er ist der wahnsinnigste Junge, der mir je über den Weg gelaufen ist.«

Ich hatte etwas in der Richtung befürchtet.

»Finde ich auch«, sagte ich betreten.

»Aber er fährt voll auf mich ab«, protzte Mona plötzlich mit nach wie vor ungebrochenem Selbstbewusstsein.

»Ach, meinst du?!« Überrumpelt schwieg ich einen Moment, fügte dann aber hinzu: »Das Gefühl hat er mir eigentlich auch gegeben.«

Schweigen. Ich setzte noch einmal an. »Ich finde, er sollte sich langsam mal entscheiden. Du oder ich.«

Mona nickte und grinste herausfordernd: »Dann fragen wir ihn doch einfach.«

In einer spontanen Anwandlung von Vernunft und Friedfertigkeit fand ich diese Idee ganz in Ordnung und darum verabredeten wir, ihm morgen die Pistole auf die Brust zu setzen.

»Er hat uns lange genug gegeneinander ausgespielt. Jetzt muss er sich entscheiden.«

Mona wirkte fast gelöst, wenn auch erschöpft. Sie gähnte. »Wollen wir das Kriegsbeil begraben?«, fragte sie und streckte sich auf der Liege aus.

Hört, hört! Aber nach all den Fiesigkeiten auf dem Laufsteg misstraute ich diesem plötzlichen Gewedle mit der Friedensfahne doch. Wer garantierte mir, dass sie nicht längst wieder eine Gemeinheit plante, um mich noch in letzter Minute beim Modelwettbewerb auszutricksen?

»Wir können es ja mal probieren«, sagte ich daher aus rein taktischen Gründen und beschloss, doppelt auf der Hut zu sein. Und um sie nun meinerseits ein bisschen in Sicherheit zu wiegen, fügte ich noch hinzu: »Das mit deinen Schuhen, das war ich übrigens wirklich nicht – du solltest vielleicht Cindy ein bisschen im Auge behalten.«

Ich musste wohl eingenickt sein, denn ich wurde von lauten Schritten und Wortfetzen aufgeschreckt. Zu meiner unbeschreiblichen Freude sah ich in der Begleitung einer Beamtin zwei Frauen vor der Zelle stehen, von denen eine meine Mutter war. Die Beamtin schloss auf und ich stürzte Mam in die Arme.

Die andere Frau, das erkannte ich sofort an der unübersehbaren Ähnlichkeit, war Monas Mutter. Sie trug Businesskleidung und wirkte sehr gepflegt. Hm, die konnte ich mir in der Tat gut in einem First-class-Restaurant vorstellen. Als hätte sie meine Gedanken gelesen, grinste Mona mich an. Schon wieder fit.

»Bis dann«, sagte sie zum Abschied. »Denk an unsere Abmachung!«

Wie sollte ich die wohl vergessen! Schließlich hing mein Lebensglück davon an.

Als ich im Auto saß, fiel mir brühheiß ein, dass ich ganz vergessen hatte, Mona auf Meik anzusprechen. Es interessierte mich schon, was da so zwischen ihnen jeden Morgen im Bus abging. Aber mehr als einen Gedanken konnte ich darauf nicht verwenden, denn natürlich begann Mam schon im Auto mit mir zu zanken und mir die wildesten Vorwürfe zu machen. Besonders ärgerte es sie, dass ich mitten im Wahlkampf Papas Gegnern Zündstoff für ihre Kampagnen geliefert hatte, wenn meine Identität nicht geheim blieb. Blieb sie natürlich nicht.

Papa kriegte voll den Ausraster. Da er wegen der Wahlkreisnachrichten in Berlin auch immer unsere Lokalzeitung bekam, war er bereits am Vormittag informiert. Die Schlagzeile des Aufmachers im Lokalteil war von ihm als Jugendpolitiker nicht zu übersehen:

*Nachts ein Stich ins Wespennest – Dreizehnjährige aus Diskos geholt. Auch Tochter des Bundestagsabgeordneten Siebert ging bei Sonderaktion der Jugendpolizei ins Netz!*

Na prächtig, dachte ich, als ich die Zeitung sah, Promi-Tochter musste man sein, dann kriegte man noch einen Tritt extra. Warum zum Teufel war mein Vater nicht Staubsaugervertreter oder Wanderprediger, dann hätte sich niemand für mich interessiert!

Ich konnte nur froh sein, dass Samstag war und wenigstens keine Schule. Wölfchen hätte mich bestimmt total zur Schnecke gemacht. Modenschau und Disko – ich glaub, das hätte er nicht verkraftet. So konnte ich ihm am Montag wenigstens die frohe Botschaft übermitteln, dass der »Modenschauspuk« endlich ein Ende hatte, und ihm auch reinen Herzens versprechen, mich vor meinem sechzehnten Geburtstag nie mehr in eine Disko zu schmuggeln.

Klar, dass auch mein Vater megasauer reagierte.

»Ich wollte eigentlich am Wochenende in Berlin bleiben und arbeiten, aber das erfordert eine Familienkonferenz«, schnauzte er mir ins Gehör, als ich seinen erregten Anruf auf Mams Befehl entgegennahm. Er war so was von kurz angebunden, dass ich das Schlimmste befürchtete.

»Ich komme heute Abend mit dem Achtzehn-Uhr-Zug.«

Dem Himmel sei Dank, dachte ich, dann kann ich ja am Nachmittag noch zur Modenschau.

Aber Mam war da ganz anderer Meinung. »Du glaubst doch nicht, dass ich dir das erlaube, nach dem, was du dir geleistet hast.«

»Aber Mam«, protestierte ich, »es war doch alles ganz harmlos.«

»Harmlos nennst du das, wenn sie dich wie irgendein Flittchen auf die Polizeiwache bringen?«

»Aber es waren doch ganz, ganz viele Mädchen in meinem Alter in der Disko. Das waren keine Flittchen. Wenn sie nicht kontrollieren und uns reinlassen, denken wir doch, dass es nicht so schlimm ist ...«, versuchte ich die Schuld von meinen Schultern zu nehmen und noch auf ein paar anderen zu verteilen.

»Was ihr denkt, ist mir egal. Tatsache ist, dass du selber wissen solltest, was sich in deinem Alter gehört und was nicht. Nächtliche Diskobesuche jedenfalls gehören sich nicht!«

Ich gab mich zerknirscht. Nur mit demonstrativer Reue würde ich überhaupt eine Chance haben. Was immer es kostete, ich musste zu dieser Modenschau. Erstens war es die letzte Show und die Preisträger würden verkündet werden, und zweitens, was noch wichtiger war, musste ich unbedingt Percy fragen, ob er nun mit mir oder mit Mona gehen wollte.

Aber Mam blieb unerbittlich.

»Schluss jetzt mit der Debatte«, sagt sie schließlich ungeduldig. »Du gehst nicht, und damit basta.«

»Das – das kannst du mir nicht antun!«, schrie ich ungehalten und den Tränen nahe. »Du weißt gar nicht, was du tust! Du – du zerstörst mein ganzes Lebensglück!«

Dann brach ich tatsächlich in Tränen aus, stürzte aus der Küche, knallte die Tür hinter mir zu und verschwand in mein Zimmer.

Das Telefon klingelte. Franzi. Natürlich hatte sie die Zeitung auch gelesen. Aber statt mich zu bedauern, war sie die Sensationslust in Person. Erst als ich ihr alles haarklein berichtet hatte, fand auch meine aktuell tragische Lage ihr Interesse.

»Du musst Verbündete finden«, riet sie mir am Schluss des Gesprächs, »Leute, die deine Mutter überzeugen, dass es ohne dich bei der Modenschau nicht geht.«

Kaum hatte ich aufgelegt, klingelte es schon wieder.

Fast wäre mir vor Überraschung der Telefonhörer aus der Hand gefallen. Es war Mona.

»Hast du auch Modenschauverbot?«, fragte sie geradeheraus und ohne lange Umschweife.

Sie hatte doch tatsächlich Frau Berger angerufen und ihr die Situation geschildert.

»Also, pass auf«, sagte sie, »die Berger will sich hinter den Center-Manager klemmen, damit er unsere Eltern bearbeitet.«

»Super«, sagte ich ehrlich erleichtert, »dann gibt es ja noch einen Hoffnungsschimmer.«

Ich rief gleich Debbie an, deren Eltern genauso reagiert hatten wie Mam und Monas Mutter. Daher beeilte ich mich, ihr die frohe Botschaft zu verkünden, aber sie meinte: »Da muss der Center-Manager schon Engelszungen haben oder meinem Vater mindestens zwei Stangen Zigaretten schenken, wenn er nachgeben soll.«

Wie es schien, kam schließlich beides zum Einsatz – Überredungskunst und Bestechung.

Mam jedenfalls meinte: »Okay, okay. Ich erlaube es, auch wenn es meinen Prinzipien widerspricht. Dein Vater wird eine Woche kein Wort mehr mit mir reden, aber ehe die Modenschau völlig zusammenbricht. Wusste gar nicht, dass du eine so tragende Rolle dabei hast.«

Dass der Center-Manager sie mit einem kleinen Zusatzauftrag für ihre Agentur geködert hatte, erfuhr ich natürlich erst später und auch nur durch Zufall.

Die Hektik war unbeschreiblich.

Überall herrschte Abschiedsstimmung. Wehmut breitete sich aus. Ständig nahm irgendjemand irgendwen in den Arm, herzte ihn und beklagte, dass schon alles vorbei war. Gleichzeitig stieg aber auch der Stresspegel und ständig meckerte irgendwer über irgendetwas rum. Visagistin und Friseurinnen taten mir echt Leid und auch Ken wurde von einigen Mädchen wie der letzte Lakai behandelt. Ständig war der Ärmste auf der Suche nach irgendwelchen verschwundenen Teilen. Nach Lippenstiften, Wimperntusche, Strumpfhosen und sogar nach Büstenhaltern! Miss-Öd-Gesicht fehlte ihr bescheuertes grünes Lacktäschchen für das dritte Bild und Verena behauptete, ich hätte ihre Haarnadeln geklaut!

Selbst Debbie, die eigentlich eher durch stoische Gemütsruhe als durch zickiges Verhalten auffiel, giftete lautstark ein Mädchen aus ihrer Gruppe an, weil sie es gerade beim Anziehen ihrer Strumpfhose erwischt hatte.

»Aber meine hat eine Laufmasche«, jammerte die, als sie sich gezwungenermaßen wieder aus Debbies Nylons pellte.

Es war klar, dass die bevorstehende Wettbewerbsentscheidung allen ganz schön an den Nerven zerrte.

Auch Shalima und Frau Berger wirkten angespannt. Shalima lief ständig mit ihrem Punkteblock durch die Gegend und rechnete und rechnete.

»Alles for Show«, beschwichtigte uns Ali grinsend und sortierte zum letzten Mal die CDs auf dem Sampler. »Die Sieger stehen doch längst fest.«

»Ehrlich?«, fragte ich erstaunt. »Du meinst, heute gibt es gar keine Punkte mehr?«

»Punkte?« Ali griente noch breiter. »Mensch, Mädchen, du glaubst doch nicht an diesen Quatsch! Frau Berger und Shalima haben doch schon am ersten Tag die Gewinner ausgeguckt. Die erkennen doch auf Anhieb, wer für das Modelgeschäft taugt und wer zu ihrer Agentur passt.«

Ich war wie vom Donner gerührt. Das konnte doch wohl nicht wahr sein! Und dafür hatte ich bis zuletzt um Punkte gekämpft? Für gutes Laufen, sorgfältige Behandlung der Garderobe, Kollegialität... Sollten das alles überflüssige Scheingefechte gewesen sein, ohne wirkliche Auswirkungen auf die Entscheidung?

»Du veräppelst mich«, stieß ich verstört hervor.

Ali sah mich mitleidig an. »So schön, wie du bist, so naiv bist du auch«, sagte er. »Das Modelgeschäft ist knallhart. Da geht es nicht nur nach gutem Aussehen, sondern vor allem nach Verwertbarkeit.«

»Und was heißt das?«, wollte ich wissen, weil ich nun wirklich gar nichts mehr raffte.

Aber leider drängte sich Shalima dazwischen, bevor Ali antworten konnte. »Was stehst du noch hier im Backstage-Bereich rum, du bist ja noch nicht mal umgezogen. Los, los, in die Umkleide!«

Trotz aller Nervosität lieferten alle noch einmal eine gute Show.

Als ich im vorletzten Bild mit Mona und den Jungen lief, war ich wieder richtig traurig, dass nun alles vorbei sein sollte. Und ich konnte mir gar nicht vorstellen, wie mein Leben wieder ohne Modenschau aussehen würde. Ohne schicke Klamotten, ohne Visagistin und Friseurin, ohne Musik und vor allem ohne Percy.

*Wart nicht auf die Zukunft, denn sie ist schon lange*

*da, heute ist das Leben ...* Ich musste ihn festhalten, wenigstens ihn musste ich aus diesem Laufstegtraum hinüberretten in meine Teenager-Alltagswelt!

Das große Finale mit der Schlusschoreografie zum Gerri-Halliwell-Hit *It's raining men* war angebrochen. Wir führten festliche Partygarderobe vor, was einen Hauch von Mailand und Paris auf den Laufsteg zauberte.

So befand ich mich noch einmal in leicht gehobener Stimmung, als Percy mir vor dem Auftritt ins Ohr flüsterte: »So schön wie heute hast du noch nie ausgesehen.«

Ich fühlte, wie ich rot wurde. Das Rouge, das die Visagistin so sorgfältig auf den Wangenknochen verteilt hatte, war mal wieder völlig überflüssig. So ein Süßholz aber auch!

Mit einem plötzlichen Aufwallen meines Realitätssinns fragte ich: »Hast du das Mona auch schon gesagt?«

Er sah mich einen Moment recht seltsam an, dann grinste er frech und sagte: »Nee, aber gut, dass du mich daran erinnert hast.«

Und dann war er mir doch glatt wieder durch die Finger geflutscht. Na warte, dachte ich. Das wird dir nichts nützen, nach der Show bist du dran!

Ich genoss noch einmal den Gang über den Laufsteg und freute mich riesig, im Publikum Franzi und die *Pepper Dollies* zu entdecken. Mam stand mit ihren Leuten von der Agentur und dem Keks wieder auf der Galerie in der ersten Etage und – ich traute meinen Augen nicht – Papa stand neben ihr.

Das gab's doch nicht! Wieso zerrte er mich nicht eigenhändig vom Laufsteg? Mam musste ihn verhext haben!

Frau Berger, wieder todschick, griff zum Mikro, um nun endlich die Sieger zu verkünden. Die Nerven aller Mädchen waren zum Zerreißen gespannt.

Dass Percy bei den Jungen gewinnen würde, war allen klar, und so hielt sich denn auch die Überraschung in Grenzen, als Frau Berger ihn tatsächlich zum Sieger ausrief und ihm eine golddurchwirkte Schärpe umlegte.

Nun wird er also wirklich Karriere machen, dachte ich und hoffte inständig, dass ich ihn dabei als Siegerin bei den Mädchen begleiten würde – ich, und nicht Mona. Wir waren doch so ein schönes Paar und bestimmt mega-»verwertbar«!

»Bei den Mädchen ist uns die Entscheidung viel schwerer gefallen«, leitete Frau Berger die Verkündung des Ergebnisses ein. »Alle sind hervorragend gelaufen und haben viel Kollegialität bewiesen. Dass eine hübscher als die andere ist, haben Sie, liebes Publikum, selbst gesehen. Darum haben auch alle unsere Laienmodels noch mal Ihren herzlichen Applaus verdient, wenn ich sie Ihnen jetzt noch einmal einzeln vorstelle.«

Sie winkte uns heran. »Es liefen für Sie: ... Verena, Debbie, May, Cindy, Mona und Kiki.«

Täuschte mich mein Eindruck oder war der Beifall, als Mona und ich den Laufsteg betraten, tatsächlich deutlich stärker geworden? Hatte es vielleicht einen Grund, dass ich zuletzt aufgerufen wurde? War ich in die engere Auswahl gekommen? Hatte ich vielleicht sogar ...? Mir zitterten vor Aufregung die Knie, sollte mein Traum tatsächlich Wirklichkeit werden?

Wir standen nun alle auf dem T-Balken des Laufstegs und starrten angespannt auf Frau Berger. Auch der Center-Manager hatte sich auf dem Catwalk eingefunden.

Frau Berger trat auf ihn zu und reichte ihm einen Umschlag. Er riss ihn auf, sah einen Moment lang eher etwas verwundert aus und griff dann zum Mikro.

»Ich will Sie nun nicht mehr länger auf die Folter spannen, liebe Zuschauer. Die Siegerin unseres Wettbewerbs und damit City-Center-Model ist ...«

Nun machte er doch tatsächlich noch mal eine Kunstpause. Los, dachte ich, nun sag es schon, bevor ich einen Herzschlag kriege!

»Ja, meine Damen und Herren, City-Center-Model des Jahres ... ist unsere bezaubernde Miss-Morning-Queen, das Gesicht des Monats, unsere Cindy!«

Nicht nur ich wurde aschfahl und war einer Ohnmacht nahe.

Ausgerechnet diese öde Ziege? Was hatte die, was ich nicht hatte?

»Im Gegensatz zu dir hat sie Kontakte zum Fernsehen und zu Teenie-Zeitschriften. Das ist auch für die Agentur nützlich. Ich hab dir doch gesagt, Schönheit ist gut, aber Verwertbarkeit ist besser!«, sagte Ali beim Abbauen.

Mein Frust war vollkommen, denn ich gewann nicht einen einzigen der Preise. Und dabei hatten so viele darauf getippt, dass ich sogar den Hauptpreis einheimsen würde. Nix mit schicken neuen Klamotten! Alles, was ich mitnehmen konnte, war eine rote Rose vom Center-

Manager, die er mir, wie allen anderen Teilnehmerinnen, begleitet von einem staubtrockenen Wangenküsschen, in die Hand drückte. Und natürlich einen Haufen Erfahrungen.

Ein Blitzlichtgewitter der Lokalfotografen brach noch über uns herein, dann war es endgültig Zeit, im Backstage-Bereich bei Sekt und Selters und ein paar Häppchen Abschied zu nehmen.

Franzi und die *Pepper Dollies* hatten sich irgendwie durch die Absperrung gemogelt und schauten kurz vorbei, um mich ein wenig zu trösten.

»Da steckt doch Schiebung dahinter«, sagte Franzi aufgebracht und Lea meinte: »Wirklich, eigentlich hättest du gewinnen müssen! Aber vermutlich warst du einfach noch zu jung.«

Auch der Keks und sogar Papa trösteten mich. Wobei Papa es sich nicht verkneifen konnte zu sagen: »Ich hoffe, dass dies eine heilsame Erfahrung war, die dich ein für alle Mal von diesen Modelflausen kuriert hat.«

Mam war allerdings richtiggehend sauer. »Es war verabredet, dass jeder Teilnehmer einen Gutschein bekommen sollte«, muffelte sie. »So ist das ja die reinste Ausbeutung! Was meinst du, was das gekostet hätte, wenn hier die ganze Zeit Profimodels gelaufen wären. Das ist schon ziemlich kleinlich!« Und sie nahm sich vor, beim Center-Management noch etwas für uns herauszuholen.

Ja, und dann war wirklich alles vorbei. Ich gab Debbie, der fast die Tränen kamen, ein Abschiedsküsschen und wir versprachen uns hoch und heilig, den Kontakt nicht mehr abreißen zu lassen.

»Los, Kiki«, stieß mich Mona an, »jetzt müssen wir Percy aber zur Rede stellen. Höchste Eisenbahn!« Sie war ebenfalls nicht unter den Gewinnerinnen und darüber genauso enttäuscht wie ich, was auf ihren Tatendrang jedoch keine Auswirkungen hatte.

Also schnappte ich mir ein volles Sektglas und machte mich in Monas Schlepptau auf die Suche nach Percy.

Schließlich entdeckten wir ihn bei einer der großen Säulen in etwas merkwürdiger Haltung.

»Was macht der denn da?«, fragte ich verwundert.

Mona schluckte. »Ich würde sagen, der knutscht mit jemandem.«

»Wie bitte?« Ich traute meinen Ohren nicht.

»Das will ich aus der Nähe sehen«, sagte ich und stürzte wild entschlossen, der Sache auf den Grund zu gehen, zur Säule rüber.

Der für Percy bestimmte Sekt schwappte aus dem Glas. Was ich dann sah, ließ mich einen spitzen Schrei ausstoßen und das Glas meinen Händen entgleiten.

Percy in inniger Umarmung mit ... Cindy, dem ödesten Gesicht der Welt!

Als das Glas mit einem hellen Klirren auf dem Steinboden zerbarst, hielten die beiden einen Moment im Knutschen inne und drehten sich zu uns um.

Fassungslos starrte ich erst das umschlungene Paar und dann Mona an. Auch ihr Blick sprach Bände. Unsere Frage an Percy hatte sich wohl erübrigt. Die Antwort stand vor uns. Wir brauchten uns nicht weiter entblöden und diesem miesen Casanova hinterherlaufen!

»Das hast du ja fein hingekriegt!«, entfuhr es Mona.

Und ich sagte: »Uns gegeneinander auszuspielen und dann mit ihr abzugehen! Seit wann wusstest du denn, dass sie gewinnt? Auch schon am ersten Tag? Mit ihren Connections kann ich in der Tat leider nicht mithalten!«

Ich packte Monas Hand und zog sie fort, ehe Percy etwas sagen konnte.

Nur Cindy musste uns natürlich noch nachrufen: »Tja, wenn ihr nicht verlieren könnt!«

Völlig frustriert gingen wir in die Umkleide und holten unsere Sachen.

»Dieser Schuft!«, schimpfte Mona vor sich hin. »Die ganze Zeit hat er mir Süßholz ins Ohr geraspelt und jetzt haut er mit dieser Tusse ab.«

Ich konnte ihren Ärger nur zu gut verstehen.

»Lass uns noch einen Milchkaffee trinken«, schlug ich vor, denn auch ich musste mich abreagieren. Wir ließen erst mal tüchtig Dampf ab und beschlossen dann, das Kriegsbeil zwischen uns endgültig zu begraben.

»Und, was machen wir jetzt?«, fragte ich. »Wir können ihn doch nicht einfach so davonkommen lassen. Er hat uns von Anfang an gegeneinander ausgespielt. Bestimmt nur, um Cindy Vorteile zu verschaffen. Ich wette, das war ein abgekartetes Spiel!«

Der Ansicht war Mona auch und ich sah ihr an, dass sie ihr Hirn bereits zermarterte, wie sie sich an Percy rächen könnte.

»Hör zu«, sagte sie schließlich, »ich habe eine Idee, wie wir ihn zur Schnecke machen können!« Sie beugte sich zu mir rüber und flüsterte mir etwas ins Ohr.

»Oh geil!«, rief ich kichernd aus. »Wie megafies! Das machen wir.«

Wir besiegelten unser neues Bündnis mit einem Händedruck und beschlossen, gleich am nächsten Tag beim Lokalrundfunk die Rache-ist-süß-Hotline anzurufen und Percy in die Tonne zu stampfen! Auf den würde hier in der Region kein Mädchen mehr reinfallen.

Ich wollte gerade das City-Center verlassen und zu Mam in die Agentur hinübergehen, damit sie mich mit nach Hause nahm, als mein Handy beepte und eine SMS anzeigte.
*Eigentlich hättest du gewinnen müssen*, las ich da. *Für mich warst du die Schönste von allen. HDGDL Meik.*
Also war er hier und hatte die letzte Show auch gesehen. Mich und Mona! Aber mir hatte er eine SMS geschickt. Nicht ihr. Das konnte doch nur heißen ...
*Wo bist du?*, smste ich zurück.
*Am Gertrudenbrunnen. Lust bei mir Frust abzuladen?*
Ich grinste. Er nun wieder! Aber vielleicht war es ja gar keine so schlechte Idee. Ich ging die wenigen Schritte hinüber zum Brunnen.
»Lass uns zum Kiesteich fahren«, schlug Meik vor. »Die Sonne wird bald untergehen.«
Wenig später saß ich mit Meik an der Kiesgrube. Wir schwiegen uns an und starrten in das leicht gekräuselte Wasser. Die Sonne verwandelte sich langsam in eine blutrote Scheibe. Hatten wir das nicht schon mal gehabt? Egal! Heute war alles ganz anders. Kein Percy und auch keine Mona spukten in meinen Gedanken herum. Ich war voll im Hier und Jetzt, und das hieß ganz allein Meik. Süßer, lieber, verlässlicher Meik.

Dennoch, meine Enttäuschung über den Ausgang des Modelwettbewerbs hatte sich immer noch nicht völlig gelegt und ich fühlte mich total frustriert und ausgebeutet. Dabei hätte ich so gerne eine Modelkarriere gemacht!

Als hätte Meik meine Gedanken gelesen, sagte er plötzlich: »Du siehst wirklich toll aus, aber ich würde es trotzdem nicht gut finden, wenn du noch mal modelst.«

»Warum nicht?«, wollte ich wissen. »Weil du eifersüchtig bist?«

Er lachte. »Jeder Junge wäre eifersüchtig, wenn er eine so hübsche Freundin hätte und die vom Laufsteg anderen Typen zulächelt.«

Och nee, fing er nun damit wieder an?

Er schüttelte den Kopf. »Nein, das ist nicht der Grund. Findest du nicht auch, dass man bei einer solchen Sache ganz schnell das Gefühl für die Realität verliert?«

Da musste ich ihm sogar mal Recht geben.

»Ich denke, dass es in so einem Geschäft mit der Zeit immer schwieriger wird zu erkennen, was wirklich wichtig ist im Leben«, fuhr er in seinen Überlegungen fort.

»Und was ist wichtig?«, fragte ich gespannt.

»Du«, sagte er spontan und heftig. »Du als Mensch, nicht als Modepuppe!«

Er schaute nach diesem Ausbruch nachdenklich in den Sonnenuntergang. Dabei fuhr er sich mit der Hand durch den blonden Haarschopf. »Du passt da nicht hin. Du bist keine Puppe, du bist viel zu spontan, zu … lebendig. Deswegen konntest du auch nicht gewinnen.

Du passt einfach nicht in die Norm.« Er streichelte mir über die Wange. »Wozu brauchst du Scheinwerferlicht?«, sagte er dabei. »Dein Gesicht ist jetzt noch viel, viel schöner. Nur beleuchtet vom Abendrot.«

Ich seufzte, denn so etwas hatte mir noch nie ein Junge gesagt und es klang so viel ehrlicher als Percys Sprüche.

»Du bist ja total romantisch«, sagte ich verwundert.

Er grinste. »Stört es dich?«

Himmel, nein! Ich fand es wundervoll und darum sagte ich: »Nee, passt schon.«

Als er mich küsste, hatte ich nicht das Gefühl, dass wir noch üben müssten. Er war mir auf einmal überhaupt nicht mehr fremd und ich fühlte mich ihm so nah wie keinem anderen Menschen sonst.

Etwas jubelte auf in mir, wollte ihn immer halten, ganz fest, nie mehr loslassen.

Das musste die Liebe sein.

Ende

Bei Thienemann von Bianka Minte-König
u. a. bereits erschienen:
*Generalprobe*
*Theaterfieber*
*Herzgeflimmer*
*Handy-Liebe*
*Hexentricks & Liebeszauber*
*Liebesquiz & Pferdekuss*
*Knutschverbot & Herzensdiebe*
*Liebestrank & Schokokuss*

Falls du Lust hast, Bianka Minte-König eine Mail zu schicken oder ihre Homepage zu besuchen – hier die Adresse:
www.biankaminte-koenig.de
autorin@biankaminte-koenig.de


**Minte-König, Bianka:**
Schulhof-Flirt & Laufstegträume
ISBN 3 522 17491 7

Reihengestaltung: Birgit Schössow
Einbandillustration: Birgit Schössow
Schrift: Aldus Roman und Handwriting Plain
Satz: KCS GmbH, Buchholz/Hamburg
Reproduktion: Die Repro, Tamm
Druck und Bindung: Friedrich Pustet, Regensburg
© 2002 by Thienemann Verlag
(Thienemann Verlag GmbH), Stuttgart/Wien
Printed in Germany. Alle Rechte vorbehalten.
10 9 8 7 6* 03 04 05 06

Thienemann im Internet: www.thienemann.de